KB197908

잠 못 드는 그리움

잠 못 드는 그리움

안효만 다섯 번째 시집

문학춘하추동

내가 시를 쓰는 이유

외로움이 있고
그리움이 커
무엇인가를 말하지 않고는
너무나 소심한 인생이 아닐까 싶었다.

나의 생각을 동감하거나 공감하면서
자신의 삶에 조금이나마
활력을 얻는 누군가가 있다면

지금의 내 의미가 행복일 테고
더 좋은 시를 써야 할 의무와 책임감에
큰 도움이 될 것 같다.

아이들을 키워내려면 벅차고 힘도 들지만
녀석들을 바라보면 형용할 수 없는
삶의 맛을 느끼어가듯

시집을 읽고 또 읽으며
가끔은 잔잔한 감흥에 취하기도 한다.

그 맛에 벅찬 고뇌에도
'시'를 짓고 있는지도 모른다.

단지,
고만고만한 작품뿐이라 속이 상할 때가 많다.

글쓰기를 시작한 지 6년의 세월을 보내면서도 아직
시인으로서의 뚜렷한 자리매김을 못 한 것 같아 때때
로 나를 돌아보기도 하지만 단, 한편이라도 독자의 마음
속에 깊이 스며들어 삶을 가꾸는데 작은 위안과 행복을
받을 수 있고 스스로를 성장시킬 수 있다면 얼마나 기쁘
겠는가?

그때가 언제가 될지는 모르지만, 활동할 수 있을 그날
까지 나의 노력은 계속 진행형이다.
하여, 입에 오르내릴 수 있는 명시 한편을 짓기 위해
최선을 다하려 한다.

하지만 지금까지는 나의 능력이 여기까지 인걸
어찌하겠는가?

그냥
즐길 수밖에…

2024년 10월
술래 안효만

| 목차 |

제8부

제

1

부

엄마의
엄마 곁으로

행복한 표정

나는 보았다

아랫목이
펄펄 끓을 때

제일 행복해하는
우리 엄마를

그것도

자식들
배 따수워할 때
더
행복해하셨다.

세상에서 가장 아름다운 사랑

내 눈을 봐
그리고
네 눈을 보여줘

나는 네 눈을
너는 내 눈을

바라보면
어떤 마음일까

사랑, 행복, 기쁨.

만족까지를
모두 느낄 때

비로소
우리는
충만한 사랑의
정점에 있겠지

현실의 안식이 정말
평화로울 때

마냥 좋기만 한
우리의 사랑을

"세상에서 가장 아름다운 사랑이라"
일컬을 거다

너와 나의
지금을 두고.

엄마가

엄마가
눈을 감고
승천하셨다

옷깃을 여미고

보물찾기 한
인생살이 힘겨워
등 굽은 채로

봉래산 그리면서
못 이룬 꿈을
하나둘 싸들고

엄마를 애타게
부르시더니

엄마의 엄마 곁으로
영면하셨다

얘들아
밥 챙겨 먹어라
집안일 잘하려면
끼니 거르지 말고 든든히

그 말을 끝으로
손 한번 깊게
잡아주시곤

조용히
너무나
조용히….

그리움은 당신

왠지 모르게
늘 허전하고
쓸쓸함이
날 개운찮게 한다

오늘도
커피잔을 들고
거만 없는
자존감이 있는데도
그냥
마음이 텅 빈 듯
무료하기만 하다

왜일까
그리움이 밀려온다
그립기만 하다

채워지지 않는 만족이
또 날 흔든다

왜일까
곰곰이 생각해 보니
내 곁에는 당신이 보이질 않는다

당신이 없다
없으니 그립기만 하다

내 맘속의 그리움은
언제나
당신을 필요로 한다

사랑이다.

첫눈 내리던 날 문득

가을을 느끼며
즐기려 했는데
아니
무엇인가 허한 마음을 챙기려 했는데
그 짧은 짬을 못 참고
첫눈이라니

세월은 늘
나를 배신하며
한걸음을 앞서간다

숨 고를 그 순간을
못 기다려주고

계절은
엄청 큰 무대를
준비하여
보이고 싶나 보다

아마도

내 생각과는
무관하게

계절은 자기 길을
뚜벅뚜벅
거침없이 잘 챙겨간다

동안거 한 시절을
또 손꼽는 가 싶다

봄을 향한….

가을이란

잊혀진
그리움이 외롭기에
뜨겁게 불타 오르는
낙엽이 되어가는 길

먼산이
붉게 물들고
동네어귀에
샛노랗게 단풍 든 은행잎이
그리움으로
예쁘게 단장할 때

젊음 야성이
손짓하고 있다

그러나 마음뿐
딱히
반문할 여지를
커피 한잔 이 날
위로로 반길 뿐이다

그리움은
또
그리움으로 날
바라보게 한다

그게 바로
가을의 뜻 아닐까.

그날처럼

첫사랑 찾는
첫눈이 내려온다

또 내달린다

너도
나도

다시 그날로
가슴 설레이며
마음이 뛴다

첫눈은
늘
첫사랑을 부른다

첫사랑에
첫눈이라

작년에도 그랬고
내년에도 또

그럴 것이다.

첫눈 내리던 날

낙엽이
집을 떠난 후
개고생 한다며
창문을
두드리며
애원을 한다

집으로
가고 싶다고

춥다

이 추운 겨울에

너는 어디서
무슨 생각하니

돌아오렴아

그리움아.

조금 늦었을 뿐

사람들이
말하는 소리가
나즈막이 나를 깨운다
조용히
숨죽이며 들었다

뜬금없이 이제 피어나
어쩌냐며 혀를 차고
돌아서는 것이 아닌가

속상했다

마지막으로
쪼그려 앉은 꼬마가
얼굴을 쓰다듬으며
말해줬다

귀엽다고
예쁘다고

꼭
멋진 열매를
맺어 보라고

아니
맺으라고

그 말을 듣고서야
내가
살아 있음을 크게
느끼었다.

소녀가 낙엽을 줍다

마음이

두근두근

뜨거운 가슴

어쩌나

어쩔까.

사는 의미

하루 한 번쯤
남을 웃게 한다면

행복해질까

생각만으로도

커피맛이
참 좋다.

낙엽이 지던 날, 문득

돌부리에
발이 체이면
아프다
정말 아프다

근데
내일

너와 나 만남의
약속이 깨지면
어쩌지

만약에
네가 나오지
않는다면

너무 아파서
내 마음은
멍이 들 거다

그것도
아주
시퍼렇게.

단풍이 들면

단풍이 들면
사슴 눈을 한
그 애가 생각난다

시집
책갈피에
새빨간 단풍잎 하나
제 마음이고
제 사랑이고
나에게 쓴
"첫 시"라며 읽고 또
읽어보라던
그 애가 생각난다

오늘밤은
그 애 생각에
낙엽 지는
소리를 듣고서야
숨을 고르고
잠자리에
들 것 같다.

가을비 내리던 날

그리운
이름하나가
낙엽처럼
젖는다

내
가슴속을
헤맨다

그립다고
보고 싶다고

먹물처럼
번지어
스미어 든다

아리게.

결국은 행복

삶도 인생도
바다를 향해 가는

물길과 같다.

가을비 내리던 날의 추억

낙엽 지는 숲 속 길을
비를 맞으며
걸어본 적이 있었나요
사랑하다 지친
눅눅한 낙엽의 내음을
실컷 밟으며
걸어본 적이 있었나요

둘이 아닌
홀로라 쓸쓸함에 지쳐
비 맞은 벤치에
덥석 주저 앉은 당신을
사랑해 본 적이 있나요

기억납니다
허전하고 외로움에
사랑이 그리워
헤매었던 한 시절을

한때의 아름다운 추억으로
오래오래
간직하게 되겠지요

가을비가 내리는 날에는
그녀를 생각하며
그녀도 머물렀다 갔을

어느 해 가을쯤을….

가을 타령

자꾸만 니 생각이나
그래서
커피잔을 들었는데
그런데도 또 니 생각이나

뭐
가을이라 그렇다고

그럼
너도 나와 같다고

미쳤구나
단풍의
미혹에 환장하나 보다

너도
나도

어쩌냐
이 가을을.

결국 사랑은

사랑은
인생의 꽃인
행복의 또 다른 말

나는 너를
너는 나를

삶이 있는 한
영원히 바라보며
갈망하는
기쁨 중
최고의 선물이
아닐까

사랑은.

인연

삶은 무엇인가
인생은 또
무엇이란 말인가

풀숲을 거닐며
곱씹는 고뇌의 시간

어디서 왔는가
나비 한 마리 훨훨
날갯짓 해
시선을 멈춰 선 곳

이름 모를
풀꽃이여

서로를 보듬으며
입맞춤한다

오래전부터 잘 알고
지내온 연인처럼

사랑이다

살아가면서
만나야 하는 인연
아니,
필요에 의한 인연

당신과 나의 인연은
무엇이었던가.

살아가다 보니

펄쩍
뛰어오르면
세상이
내 것인 것을

왜

까치발도
못 뛰었을까
우리는

욕망이 제 발 저려
돌부리에
동동 걸음 차였다

어제도
그리고
오늘까지도

나는.

왜 그런지 모르겠다

오늘도
하루종일
니 생각했다

그냥
니가 좋다

지 좋아
하는 일이라
모른 척할
일이련가

살다 보니
미친 짓도
한때더라

그리움은
늘
널 지목한다

가을이 주는
메시지다.

청개구리

내 몸이
작다고 하여
꿈마저도
작을까

사랑도
행복까지도
나의 꿈은
늘 크다

비록
당신이 보기에
둔하고
멍해 보이지만

꿈을 향해 힘차게
뛸 수 있는 잠재력은
갖추고 산다

더 높은 곳을 향해
오르고 또 올라
참이슬을 마시며
펄쩍 뛰어 볼

내일의 행복을
꿈꾸며 살아간다

내가
사는 동안엔

인제나.

비가 오네요

비가 오면요
자꾸 생각납니다

당신이 그냥

비
가
오
네
요

빗줄기 속에
그리움도 따라서
날 찾아와요

그립습니다

당신이 생각이나
보고 싶어 져
커피잔이 들리어
또
마십니다

그리움을.

제

2

부

사랑
그
하나를
위
하
여

사랑

너를 안으면
언제나
따뜻했다
너의
숨결조차도

가을이란다

가쁜 숨을
몰아쉬어야 할
열정의
저 낙엽들을
생각한다

나날이
뜨겁다

타는 목마름으로
오늘도
거친 숨결이
나의 몸을 답한다

기다린다고.

그리움

니가 있어
지금껏
살아왔는데
정말
그랬는데

나는 누구인가
누구인가 나는

수없이
되뇌며
또 살게 함은

그리움

니가
있기 때문에 란
이유가 있다

그리하여
나는
또
오늘을 살아를 간다

그리움
너를
그리워하며.

가을이구나

너에게
사랑받는
딱
한 사람이
나라면
좋겠다

왜

나에게
사랑받는
딱
한 사람이
너밖에
없으니

그래
그런 사랑이고 싶다

올가을엔.

그냥, 좋은 날

가을비가 토닥토닥
소꿉놀이 할 때면

괜히 즐거운 마음에
부침개 뒤집히고

그래서 침 꿀꺽 삼키며
너를 생각하지

그래, 그래서
막걸리 한잔 생각한다

하
야

그런 생각만 하는데도

좋다
참 좋다

그런 오늘이.

빨래터에서

가을 햇살이
살포시 안아준다

나를 익히려.

어쩌면

어쩌면

오늘을
산다는 것은
내 생애 최고의
용기다

당신의
오늘은

최고의
하루가 아닐까

어쩌면
어떤
의미일까.

고독하다는 것은

고독하다는 것은

아직도
해야 할 일이
남았다는
뜻이다

당신은
고독하신가

난
아직도
마음에 담겨있는
이루지 못한
간절한 그리움이
있다

하여, 지금도
고독하다.

메아리

무엇이
이 숲 속에서
댓꾸할까

내 말에

야, 이놈아
무심코 던진 말

핫
내가 말실수
했다

바로
뭐, 이놈 한다

당했다
내가, 또.

가을에 온 여인

강언덕에 홀로 핀
이여인을
누가 사랑할까요

한 곳에 눈길을 준
이여인을
누가 말 걸어 줄까요

그리움에 목마른
이여인을
차 한 잔 권할까요

누가

궁금한 마음 멀리로
가을이
성큼성큼 다가오고
국화향
짙어질 터인데

누가
이여인을 불러
차 한잔을 나눌까요

누가.

열정

농익는
풀무질 사랑

이열치열
뜨겁다

사랑
그 하나를
위하여.

너를 만난 후로

눈뜨면
미칠 것 같이
보고 싶은
그리움의 끝은
오늘도
또
너를 향한다

9월과 함께
찾아온
그 한 사람

바로 너.

문득문득

무엇이
문제인지
알듯한데도
행여 해
덮는다

그러니
살아가며
시름만 커 가

늘 삶이
버겁다

혹시 나의
역시 나의 덫에
애만 태운다

아직도
내 인생이.

너한테만

지난 여름
폭염 때문에

몹시
언짢았던
온갖 생각들을

션한 바람이
날 안아주고
토닥여 줄 때

아!
이제 가을이
돌아왔구나
생각했더니

순간
마음이 뿌듯해지면서
바로 니 생각나더라

참
좋은 생각이지 않니

니 생각을
했다는 건

참, 많이 외로웠구나
너

너를 안으면
물컹 씹히어온다

너의 인생이.

차 한잔 앞에 놓고

삶이란

내 뜻대로
되지 않기에

인생이라
하고

인생은
내 생각을

가꾸는 것이라

삶이라
하였던가

우리의
인생과 삶
삶과 인생이

아이러니하다

그런가요?

가을 이야기

언제였던가 네가 건내 준
시집 속 새빨간 단풍잎이
모진 세월을 잘도 견디어
문득 펼쳐본 추억의 메모
너를 잊지 않을께 순이가.

가슴 떨리고 겁나던 시절
쪽지 편지를 건네받으며
이상을 꿈꾸던 너와 나는
수줍어 얼굴 한번 못 보고
먼 발치에서 인지한 사이.

그리고 몇 년이 지난 후에
어찌어찌하다 잊히였던
황순원의 소나기를 읽던
뜨거운 청춘이었던 때를
이제서야 손 내미는 그리움.

너는

가을이 왔다고
사람들
입에 오르내릴 때
제일 먼저
생각나는 사람이
바로
너였다

나
너 사랑하는거
맞나보다

꽃 구름이
흐르는 하늘을
보는데도
제일먼저 떠올린
사람이 너였다

내가
정말
너를
사랑하는 거
맞나보다

그런 것만 같다

정말

가을의 문턱에서

무엇을
넣어야만
인생살이에

제 맛이
날까요

그것은
아무래도
당신과 함께

지지고
볶는 삶

그 삶이
제일
맛깔스럽지
않을까요

어찌보면.

당신의 눈

그토록
아름다움을
반짝이는

너의 눈

오늘따라
더
아름다움은
날
사랑하는

뜻일까.

징검다리를 건너며

가을이
왔다기에
하늘을 보니

노을이
익는다

참
아름답다

너처럼.

그대여

누가
누구를
더
그리워할 까

그대인가
나일까

나는 너를
너는 나를

오늘도

사랑 하나를
저울질한다

더
주고 싶어.

사랑입니다

꽃을 보면
기쁨이
찾아줍니다

가만히
눈맞춤하면
행복을 줍니다

오래오래
가슴에
품어 안으면

새들이
노래를 부릅니다

평안입니다

당신과
마주하는 동안
거룩함을
느끼었지요

자연과의
호흡도
사랑입니다

당신과
내가
마주할 때처럼.

보인다

가을이
첨벙첨벙
개울을 건너

들녘에
발
디디었다고

바람이
귓띔해줬나

배 동트던 벼

벼꽃을
피었다

섬돌 밑 귀뚜라미

귀뚜르르
귀뚜르르

가을을 노래한다.

사랑은

당신과 내가
늘
마주하듯이

꽃이 피면
벌나비
날아들고

해가 지면
하늘엔
별꽃이 반짝

자연의 섭리는
오묘한
관계라네

당신과
나처럼

오래오래
참고
기다리는 일이네.

너라는 사람

만나면
그냥 좋아
마음이 끌려

왜
호감이 갈까

딱히
이유라는 것은 없어
그런데도
좋기만 한 거야

어쩌면
나도
그런 사람이고
싶은데

말하는
사람이 없네

어쨌든
다짐했다

너의 존재만으로
내가 행복하면

그것으로
족한 일이 아닐까

그래
그냥 좋아

넌?

가을이 오면

가을이 오면

그냥
좋아

왜,

너와
나의

사랑도
익어갈테니.

노년의 세월

보는 눈
여리어 지어
아린 맘이
밟힌다

그냥

감흥에 젖는다.

너에게

너를 나의 친구라고
당당하게
소개할 수 있을 때
나는 행복하다

내가 너를 친구라고
소개할 때
흐뭇한 미소를 지으며
당연해할 때

너와 하나된 마음이
나를 행복하게 한다

믿음과 신뢰의 우정이
사나이 정신 아니더냐

너도 이런 나를
친구로서 기뻐하리라

나는 너를
너는 나를

자랑스러워하는
당당한
친구로서

어깨동무 하자구나

친
구
야.

콩깍지 쓰면은

그립다
보고 싶다
만나고 싶다

미칠 것만
같다

그리워
환장하겠다
할지라도

기대할
그 순간까지가
행복의
절정은 아닐까

사랑의
순도는….

얼마나 아팠으면

주먹을 쥐고
바위를 내리쳤다

꿈쩍 안 한다

내 주먹이
이리 아픈 걸 보면

반죽음이
아닌가 싶다.

지금 산촌에는

하늘엔 꽃구름이
바다에는 윤슬이

그리고

고추밭에는
떼 지은
고추잠자리

짝을 찾는 유희의
춤사위가 어여쁘다

벌써
뜨거운 사랑이
불소시게를
지펴가고 있다

우리집
감나무에는
참매미가

쩌렁쩌렁
청혼을
구애중이다.

풍경소리

묵언의
수행자가
침묵으로
살다가

삶이란 무엇인가

바람이
질문하면

대답
한다

땡그랑.

나만 아는

살아가면서
이루지 못한
소망 중에

감히
넘보지 못한
사랑 하나쯤

아쉬움에 끙끙 앓는

내 인생에
말못할
그리움이 있다

그립다는 말
차마 못하고

지금껏
앨범속에서
날
기다리고 있는 너

오늘도
노을속에서
나와
대면하고 있다

보고는
싶다고.

바닷가에서

하이얀
파도 소리가
찰랑찰랑
파랗다

귀가 젖고
가슴도 젖는다

시원하다

그냥
좋다.

왜 이래

마음이
흔들린다
이런 더위는

첫 경험이라서

너 없이
차를 타고
유랑자처럼

내 몸
챙기련다

그런대도
너를 보듯
하늘은 봐야 한다

야박하게
한마디 말을
던져 본다

왜냐고.

너를 처음 만난 그날

아우라가 한눈에 들어설 때의
황홀한 빛에
그 광채에 화들짝 멈춰버렸다

누구냐, 넌

누가 초대한 여인이던가

네가 부르지 않았고
내가 초대하지 않았는데도
어찌하여 넌 내 앞에
나를 멈춰 서게 하는 것인가

서로를 초대한 것처럼
반갑게 맞이하던 날 그날

오! 이 무슨 영혼의 장난인가
새 운명의 서시란 말인가

자꾸만
눈길이 가 멈춰버린 난
너의 노예가 되려나 보다

내 마음이 빼앗기었다
그런데도 싫지 않고 좋기만 한
이 기분은 또 무슨 일인가

언제쯤
너와 나는 덥석 잡아갈까
사랑의 노예로
서로를 끌어당길까

그날이
오늘이었으면 좋겠다

너는.

고뇌

어차피
인생의 길은
자연으로
가는 길

어떻게
가야 좋을까
나만의 꿈
찾는 길

사람들은 말하네

어떻게 가야 한다는
정답은 없으니

그냥

너다웁게
가라 하네

인생길

당신의 생각은
어떠합니까.

제

3

부

그날이
오늘이었으면
좋겠다

그리고 인생

사랑에
미쳐보아야
그리움을
배운다

너는
어땠니

미쳐는 보았니.

하루의 의미

오늘
하루
어떠셨나요

힘드셨나요 즐거우셨나요
기쁘셨나요 행복하셨나요
희망을 보셨나요
혹시 걱정거리가 생기셨나요

어쨌거나
오늘 하루
수고하셨습니다

산다는 것은 무수히 많은
사소한 일과 마주칩니다

그러한 숱한 일과
거래를 하며 살기에
삶이라 하지 않나 싶습니다

하루의 의미가
바로 이런것이다라고
생각합니다

어쩌면
서로 다른 삶을 사는
우리 모두가 겪는
하루의 의미가 아닌가
생각합니다

오늘 하루
어떠셨나요

당신은.

너 때문에

다시 찾은 홍제천에
너와의 추억이
물레방아를 맛있게 돌리며
징검다리를 건너가고
다시 건너오길 반복한다

너는 표정 하나를 잃어버린 양
그때처럼 하늘 한번 보는 것으로
나를 불러 놓았다

그래
너는 심원이다

하늘엔 꽃구름이 힐끗
너의 안부를 묻고
안산 둘레길에
활짝 웃어 젖혔다는
벚꽃 피던 봄의 공연장으로
발길을 돌리고 있다

보이느냐
들리느냐
기억하느냐

그날의 너와 나를…

흥미롭다

내 마음이 빨리 네가 보고파서
훠이훠이 손 나부끼며
주술을 외우며
무엇인가를 찾고 있구나

사랑의 슬픈 추억만
깊게 숨어버린
아름다운 모습만 흘러
잊혀져 가려 애를 쓴다
왜 왜 왜

너는 숨었고
나는 잃었다

보고 싶다- 너
3년이란 세월이 흘렀다
이젠 보고 싶다

정말!!!

아무것도 해줄 수 없는 내가
아무것도 바라지 않는 너에게

푸른 하늘에 기거하며
부족할 것 없을 별을 바라본다

누군가는
사랑을 위해 별도
따다 준다 한다는데

어찌할까 나는

별똥별 떨어질 때 소원을 빌면
소원도 이루어진다는데
'저기' 하며 눈이 가리키는 찰나
순간을 지어버린 별 별

잔상만 마음속에 맴돈다
허망함이 뒤통수를 때린다

하소연할 틈도 없다
말할 틈도 안 준다

어찌, 나를 보고
야박하게 외면한 단 말인가

쬐끄만 소원하나 빌 틈도 없는
찰나다

인생이란 것이 아마도
그런 것인가 보다

정말
그런가 보다만 느끼며
되돌아 선다
나는.

한 송이꽃

세상엔
참 많은
꽃이 피고 지지만

하늘엔
별 꽃이 전부요

너와 나의
가슴속엔

한 송이꽃이면
족할 사랑꽃이 핀다

어제도
오늘도

언제나처럼.

경고 · 23

햇볕의
풀무질로
극한 더위가

연일
폭염 경보

대지가
울먹인다
살려달라고

주의보
날린다

하지만
인간은
숨어버렸다

세상 탓
하늘 탓하며.

비 오는 날 창문을 열면

비 내리는
창밖을 바라보면
그리움이 창문을 열고

들어 선
그리움을 추억하며
커피잔을 들으면
진한 향이 떠오른다

자스민향이다

늘,
진한 자스민향이
나를 위한
너만의 선물이라

말하지 않으려 하지만
난 이미
너의 취향이란 것을 알았다

그러기에
혹시나 너 보일까 하여
다시 창문을 바라보면

빗줄기를 헤집으며
길섶에 들어서는
너 있을까 싶어

연신 까치발을 돋움하며
추억하는 풍경으로
빗속에 멈춰서는 지금이다

세월은 가고
추억은 남는 것

오래오래
머물고 싶은
그 시절이 자꾸만
나를 데리고 나선다

비가 내리는 창문밖으로
비가 내리는 창문밖으로

자스민향이
솔솔
나를 그리워 하는가 싶어.

행복

행복은
내가 행복하다
생각하면

내 곁을 떠나지 않고
응석받이로
남아 있으려 하지만

내가 눈살을 찌푸리거나
힘들어하면
어떻게 눈치챘는지

안면몰수하곤
딴청을 부린다

그런 후로는
힘들고 괴로워도
웃음을 잃지 않고

허허실실
마음 비운 채 다독이며
함께 산다

요즘은
녀석이
내 곁에 꼭 붙어 앉아
내 어깨를 툭툭 치며

좋잖아,
좋은데 뭘 왜 그래라며
그냥 좋으면 좋은 거지라며 나무란다

행복, 그 녀석이
하하하.

인생이란

나를 모를 때가
청춘이요

나를 알게 되었을 때
눈물을 흘려 가며

지난날을
되돌아보게 될 때쯤에야

비로소
인생이란
무엇인가 알아간다

인생

삶이란
묵직한 주제를 풀
얼레하나 손에 쥔 채
걱정스런 조바심을 가슴에 안고서

그렇게 살다가는 것이
인생인가 싶다.

가을

숲 속에
아기단풍

햇살
마시고

벌겋게
취한다.

사랑은

사랑은
사랑은

눈으로 읽고

가슴으로 느끼며

말로 답한다

사랑해
사랑해

사랑은 기쁨이고
행복이다

너에게도
나에게도.

살아가면서

직업이
무엇이든
지 스스로가

최선을
다할 때

기쁨도
삶의 질과
행복도

당신곁에
다소곳이

찾아
들 것이다.

비오는 날의 단상

장맛비가 연일 계속이다
턱까지 찼던 호우 피해의 시름이 무뎌지고
장마가 그친 후에
수습해야 할 일들이 걱정으로 다가선다

살아내다 보면
생각은 짐이 되고 걱정을 해결할
또 다른 생각을 낳게 한다

너무 다급하고 해결 방법이
묘연하면 "이 또한 지나가리"란
대범의 말로 즉답을 피하며
위로와 위안을 해주지만 당사자는
망연자실할 경우를 겪어야 한다

생각은 내가 살아있는 한
나를 위한답시고 생각한 일에
대한 답을 찾기에 골몰해하지 않던가

세상엔
좋은 글과 지혜가 난립할 정도로
찾아내면 찾아낼수록
줄줄이 끌려 나와
더 생각을 복잡하게 한다

어제보다 내일은
더 나은 생활의 안정을 위해
오늘을 살뿐인데
너무 많은 참견이
더 헷갈리게 만드는 것 같아

작은 식견으로는 득이 되기보다
부담이 되는 것 같아
무시하기로 했다

그날그날 주어진 일이나
해야 할 일을 찾아 하다 보면
순서도 정해지고 어떻게 해야 할 방책도
알아가게 되는 것 같다

「농촌에 살다 보니 이웃들의 씨붙이와 가꾸어
감을 눈여겨보고 물어보며 도움을 청하기도 해
텃밭을 일구어 간다」-

그렇다
장마가 그치면
우선 해야 할 일이 들깨모 심는 일이다
마늘캔자리와 감자 캔자리가
풀을 키우며 기다리고 있다

그칠 기미가 없는 하늘을 바라보며
해야 할 일에
쓸데없을 걱정을 하고 있다.

카페에서

커피가
말을 한다
힘내라 하고
귓속말 전 한다

요즘의
우리 삶이
버거운 것을
알고나 있는 듯

하지만

우리는
오늘을 위해
최선을 다한
삶이었다

오롯한 내 인생을
인정받고 싶다

이제는.

관심

눈길이 외면 못해
멈춰버린 그대로

자꾸만 마음이 가
어찌하지 못한 채

의식해 엿보는 순간
손 내밀어 볼까나

당신은 나에게 관심을
나는 당신에게 호감을

주고받으려
빗속을
거닐어 갑니다

어디쯤에서
우산은 접힐까.

비 내리는 창밖을 바라보며

장맛비가 내리는 창밖을 보며
걱정반 그리움 반으로
낙수지는 추녀 끝에
시선이 머물 때에

정작
마음을 다스려볼
커피 한잔이 손에 들려져 있다

따끈한 커피잔이
마음의 평온을 안기며
향기로 안정을 찾을라치면
너를 생각한다.

삶이란 무엇인가
인생의 참은 무엇일까

무거운 주제가 마음을
짓누를 때마다
일말의 기분전환을 위해
감초 같은 커피와 함께
너를 떠올리어 간다

짬짬이
그리워할 수 있는
대상이 있다는 것처럼
즐거운 일이 또 있을까

이 순간이
진정한 행복이라 생각한다

이 부유스런 감성은
네가 있음에 누릴 수 있는 일이니
얼마나 다행한 일인가를
새삼 느끼어 본다

감사한 일이다

창밖에 비는
그칠 줄 모르고
너를 생각하는 시간은
오래오래 더 길어져만 간다

고맙다
커피가 있고
너가 있기에.

비 내리는 날의 그리움

한 잔의 커피잔 속에
스며드는 그리움 하나

지금
너는 뭘 할까

진작부터
그런 생각 때문에
커피를 마시었건만

커피의 진한 향이 더
궁금해하는 한마디

'너는 지금 뭘 할까'

창밖의 빗줄기도
궁금하긴 마찬가지인 듯
먼 산을 가로지르며
오르내리기를
내 눈과 함께 한다

혹시나
너도 찻잔을 들고

빗줄기를 세어가며
먼발치에서 서성이는
그리운 나를
걱정하는 눈초리로 그리어 봤을까

때맞춰 전해오는
'카톡' 문자메시지

지금 뭐 하니
(으이구
너도 양반은 못되나 보다)

짜식!
커피 마시며 네 생각한다

너도
그렇지

으하
내 그럴 줄 알았다.

왜 그랬어요

왜 그랬어요
정말 왜 그랬어요
책임도 못 지면서

사랑한다고
정말 사랑한다고
입이 달터니

왜 그랬어요
지키지 못해 놓고
어쩔 거예요

사랑이고요
사랑이었다고요
그랬다고요

아하
인연이 아니었다고요
잠시 미쳤었다고요
정말 사랑한 건 맞다고요

입에 침이나 바르고
말하시지요

못난 인연
못난 사람

왜 그랬어요

첫눈처럼
내 마음 흔들리게.

그리워라

추적추적 내리는 빗줄기를
책가방으로 피하며
신작로를 황급히 지나
거먹 다리를 들어설 지음
찢어진 비닐우산을
넙죽 씌워 주던 환한 웃음

줄흘고랑을 지나
고갯마루에 다달았을 때
너는 말했지

나의 모습이 정말 예쁘다

나, 너 좋아하는데
그래도 되느냐며 생각을 묻던
너의 머슥함을 잊을 수가 없다

오늘도
비가 내린다

너는 어디에서
내리는
빗줄기를 세어나 볼까

그립다

그 시절이.

사랑인가요

눈만 뜨면 너를 생각했어
너를 좋아한 후로

비가 내리면 네가 생각이나
너를 그리워 한 후로

잠자리에 들면 네 생각을 해
너를 사랑한 후로

이젠
사는 목적의 대상이 네가 됐어
내 삶의 의미도 또한 네가 됐어

오로지, 너를 위한
오로지, 나를 위한

인생의 가치를 빛나게 할
목적이 뚜렷하게 생기었는데
그 또한 네가 됐어

너를 생각하는 하루하루가
소중하고 아름다워졌어

사랑의 오묘한 느낌과 삶의 맛을
알게 되고 보니 존재의 의미와
살아갈 이유가 나를 즐겁게 해

너와 나의 존재가 샘 할 수 없는
찬란한 보석으로 빛이 나
어찌할 바를 모를 지경이 분명해

너를
너를
정말 사랑하고 있나 봐
너를.

폭염·1

찐다, 쪄

각오는 해
준비한 마음이지만
장맛비와 습하기까지 해
어이 상실케 한다

뉘라서
이 시절을 견뎌낼 수가
있겠는가

말마따나
이제 시작이란다

삼복이 남아 있고
참매미 웃통 벗어버리고
감나무에 매달려
더워 죽겠다고 아우성인 날
아직 기다리고 있단다

모두가 하늘을 바라보며
눈살을 찌푸리지만
얼굴 외면한 채 더 강한

햇볕을 후후 불어 만 댄다

세상이 흉흉하니
보다 못한 질책이 기후 변화로 가름하는가

그렇다

지구는 영원한 우리의 것이 아니라
잠시 사유한 후 후손에게
물려주어야 할 자산임을 기억하자

이참에.

폭염·2

언제 이리 무더웠던가
후덥지근도 유분수지
아예 머리 벗겨질지경이니

정말
햇볕이 뜨겁기가
용광로 같으니

혼마저 실성한 듯
절레절레 손사래질이다

바람마저 나서기를 망설일 즈음
급급해 쩔쩔매는 방구석의 선풍기
힘껏 돌돌 거린다

저를 보는 나나
나를 보는 저나

망연자실
쩔쩔매기는 매한가지

모두가
지레 숨죽여 혀를 끌끌 차

다음을 생각한다

우물가에
등목 하려 펌프질 하던
그 시절이 더 간절하게
생각나는 날
웃통을 벗어던지고
엎드리려 한다

벌떡.

폭염·3

선불리
생각 마라
큰코다친다

푸틴 같지
않니

진절머리
난다

정말, 정말

한
고집한다.

나 사랑에 빠졌나 봐

며칠 전부터
자꾸
그 애가
내 머릿속에
들어서서

날
유심히
바라보는 데도
싫지가 않다

왜, 이럴까
머리를 흔들며
하늘 바다를
뛰어도 보고
거닐어 보는데도
어느새
내 곁에 와

날
바라보고 있다

또.

사랑의 길

그대를 향한 사랑의 길이
얼마나 멀까 알 수는 없지만
외롭지는 않다

그리움이 안내하는 그 길이 힘들고 외로워도
사랑을 찾아가는 길이란 걸 알기에
마음이 부르트는 고달프다
하지만 견뎌야하는 줄은 알고 있다

어떻게 가야 할지 어느 길을 택해야 할지
잘은 모르지만 사랑하고 있으니
어찌 외롭다느니 슬프다고
차마, 할 수 있겠는가

사랑이란 아프고 상처도 받지만
이뤄지면 행복이요 기쁨인 것을
왜 모르겠는가

그러기에
사랑 하나를 가슴에 묻어놓고
이루기 위한 간절함으로 소신을 다했다는
자기 위안을 가슴 깊이 새기어가나 보다

사랑은 알면 알수록 정말 힘이 들고 버겁다
그러나 둥둥둥 가슴을 차고 오르는
사랑을 잡기 위해 너를 위한
타령가를 부른다

오늘도 힘차게

그대는 모르고
나만 아는
사랑타령을 이어간다.

낭만의 하루

가끔은
무아지경에
너를 찾아
헤맨다

넋은 도망을 갔는지
너만
찾는다

자꾸
술래잡기만
한다.

낭만의 소야곡

그리움은 왜

꼭, 비 오는 날 너를

데리고 올까

지가 더
간절한 가.

그리움 속의 너

너를 떠올리기만 해도
너를 생각한 것처럼
얼굴 가득 화색이 돌고
흐뭇함이 번진다

울적한 마음이거나
속상한 일이 생기더라도
너를 떠올리면
편안하고 안정된 평온을 얻는다

맑은 영혼을 가진
심성의 소유자인 너는
언제나 밝고 맑은 미소로
나를 맞아주곤 하였지

오늘 힘들었니, 힘들었구나
괜찮아
늘 좋은 일만 있을 수 있니
오늘 일은 잊어버리렴
내일이 있잖니
오늘의 해가 지면
내일의 해 또한 떠오를 거야

괜찮아
너는 잘하고 있잖아 라며
토닥여주는 너의 모습에
움츠렸던 어깨를 추스르며
나는 일상을 시작한다

희망 섞인 말과
따뜻한 조언으로
너는 할 수 있다는
자긍심을 끊임없이 일깨워준
너의 애정 어린 관심에

믿음을 존중하는 보답으로
더 열심히 살아내려
애쓰는 의미라는 뜻으로

일상의 삶을
차근차근히 개척하려
최선을 다하려 한다
나다움을 보일 때까지
지켜봐 주기 바란다

너의 신뢰에 정말 감사한다

언젠가
야! 나 잘했지? 라며
너에게 큰소리 한번 쳐 보이며
자랑할 수 있는 날이

가까워오도록
열심히 노력할 테니

지금처럼 지켜보며
응원해 주길
바란다

창밖에 장맛비가 내린다

무사히 잘 지나칠 때
그때
또 연락하마.

삶이란

삶이란
하루하루

오늘
아닌, 내일은
행복하고자

오늘을
사는 일

또한

식구들 배 따습고
평안하도록

밥농사
짓는 일.

인생이란(길)

오로지 가족을 위해 살았다는 진부한 생각을
지난 세월 내내 자랑스레 여기며
가장으로서의 할 일은 다했다는 듯 여기며
살았다는 사실을 번복하여
나를 위해 살아온 것이었다는 고백을
한다는 것이 쉽지가 않았다

하지만 잘못된 생각이었다는
깨달음에 이르렀을 때의 허전함이
한 순간 스스로가 한없이 작아지는
어깨가 초라해 보이기까지 했다

퇴임 후 일손을 멈춘 상황에서도
이런저런 처리할 할 일이 수시로 생겨나고
그 일을 처리할 책임이 나라는 것을 알았을 때
아! 하는 헌신의 치부되며 호도되는

헌신의 치부로 지난 세월을 호도하며
살았음을 자랑스레 여기었건만
잘못된 생각이라 여겨진 체념에
조금은 작아지는 어깨를 의식하지만
불현듯 뉘우치고 받아들여야 할
지금의 자아를 발견하고 말았다

물론 가장으로서의 책임을 안고
열심히 살아온 것은 분명한
사실이란 걸 인지하고는 있다

세월이 흘러
자식들이 자기 길을 택하고 보니
바로 나 자신의 안위를 위해 살아왔다는 것을
우연한 기회를 통해 깨닫게 되었다는
의미심장한 현실을 맞고 있다는 사실이다

곰곰이 생각해 보면
내가 행복하기 위해
그토록 열심히 살아온 삶에
감사함을 인정하게 되는 그 순간을
당신도 배웠을까 하는
내 생각에 동조할 것이란
확신을 갖게 되었다

나이가 들면서
젊은 시절의 내 육신이 아니어서
생각에서 자유롭고 싶지만
가정을 이끌다 보면 생각지 못한
다양한 손길이 필요하다

그럴 때마다 가장으로서의 도리 앞에
책임져야 할 일이 나의 능력을 저울질할 때
특히 그런 생각이 더 간절히 와 닿는다

어느 시점에 무기력한 자신임을
인정하게 되는 순간을 맞게 된다

바로 나 자신이다
내가 행복하기 위해 그토록 일한 것이다 할지라도
가장 소중한 건강의 문제에 맞닫게 될 때
결국 주저앉고 말게 된다

가족을 위해 살았다는 허세를 부리었던
잘못된 깨달음의 길에 섰을 때
당신은 완생의 삶을 산 마지막 돌 하나를 들고
마무리할 인생의 정점을 즐기고 있지 않을까
생각한다

이제는 건강이 관건이다
결국은 터벅터벅 힘겹게 걸어온
내 인생의 길이었음을
인식하기까지가 숙명의 선택이란 것을
성찰하기 까지가 운명적인 생애가 아니었을까
하는 생각이다

현재의 자기 성찰이다
건강의 중요성을 재 발견한 채로.

제

4

부

어긋난 퍼즐을
마음에 들고

그날은

너를 만나 손잡고 거닐던
쌍샘뜰 버드나무 길
무슨 말을 할까, 망설인 체
별이 참 예쁘다며
가리킨 하늘에는 흰구름만
두둥실 흐르고 있었지

가슴 치는 북소리만 둥둥둥
설레어 떨리던 손가락을
꼬옥 쥐며 미소 짓던 네 모습은
지금도 그날을 생각하면
헛웃음만 허허 지어지지만
마냥 즐거웠던 그날이었지

풋사랑이 뽀시시 얼굴 내민
서로를 의식하며 걷던 날
그냥 좋기만 한 미소 띤 마음
사랑이었음을 느끼어 말했지
오늘의 날씨가 퍽 좋다고
서로의 마음을 읽어보던 그날

지금 생각해 보면 사랑이었다
너와 그리고 나의….

길

아버지
왜

길이 꼭 거미줄 같아요
그러냐

응, 그건 네가 집으로 쉽게
돌아올 수 있게 함이란다

그래야
아무리 멀리 가 있을지라도
헤매지 않고 쉽게 집을
찾아올 테니

아, 아버지도 그랬어요

그럼, 그러길래 필요에 의해
길을 자꾸 만드는 거지

세상밖으로 외출을 했다가도
길을 잃지 않고 서둘러 집으로
무사히 돌아올 수 있도록…

그래서
길이 존재하는 이유란다

아들아!

나를 모르면

1.

나를 알고
나를 사랑하고
나를 믿고
나의 자존을 귀히
여길 때

나는
나다워진다

나다움을 잃고
나를 버리면
커지는 건 오로지
부러움과
채우지 못한
불만에
자신을 잃고 만다

나는 나이기에
나를 다스리는
사랑으로
나를 빛나게 하자

2.

내가 나일 때
세상을 보는 안목이
달라질 것이다

만수위가 된
예당저수지를
흐뭇하게
바라보며 괜히
부유스러워
밥을 먹지 않아도
배부른 나로 존재할 때

당신은
당신을 충분히
사랑하는
사람인 것일 게다

나는
지금의 나를
사랑한다

내 모습 그대로를….

너를 알고부터

너를 알고부터
사랑을 알게 되고
너의 이름을 알고부터
그리움을 알게 되고
너의 마음을 알고부터
보고픔을 알게 되었다

너를 알고부터
기쁨을 갖게 되고
너를 알고부터
행복을 갖게 되고
너를 알고부터
꿈을 갖게 되었다

「세상이 내 것이 되고
풍경도 내 것이 되고
모든 것이 내 것이 되어
아름답고 사랑스러워
보임을 느낄 때」

이 모든 일 하나하나가
너를 알고부터였다

또한
그냥, 지나쳤던 풀꽃도
이제 내 눈에 들어와 사랑을
조잘조잘 얘기해 준다

살갑게도-.

살면서

네가

네가 몹시 그리운 날은
하늘을 바라보며

어긋난 퍼즐을 마음에 들고
너를 떠올리어 그려간다

그래도
마음에 차지 않아

니 이름을 부르며 부르며
아쉬움을 삭힌다

그리워
정말 그리워
어찌하지 못함이 가슴을 치밀면

조급한 마음이 너의 창문을
노크하며 기다려본다

나에겐
시간이 없다

단지 너의 얼굴 한번
보고픈 마음인데

너는 너의 그리움으로
바쁘기만 한 너의 시간을
보내고 있나 보다

그리움이 활짝 핀
얼굴을 매만지며

하늘 한번 쳐다보고
마음을 토닥이고는
대문을 지치며
하루를 접는다

잠자리에 들며
일기장에 인증의 징표인
한 줄의 글을 남긴다

오늘도
너를 그리워했다고.

행복입니다

커피잔을 든 순간
마음이 당신과 마주 앉아
커피 향을 음미하고

당신이 먼저 한 모금 하고
당신의 얼굴 바라보며
나도 또 한 모금 마시어요

햇살이 부러운 듯이
창가에 자리한 아침

이보다
더한 행복 어디에 있을는지요

행복합니다
사랑입니다

오늘
이 아침은.

그것으로도

세월이 무심한 것인지
세상을 잘못 만난 것인지,
내 참!
우리가 이렇게 되고 보니
왕년의 욕망이 허세였음으로
변곡 되고 말았구나

꿈은 꿈일 뿐이란 말이
우리에게 적용될 줄을
어찌 상상이나 했었던
일이었더냐

그래,
말이 길 수록 속상만하다
궁상떠는 나이가 된것처럼
스스로 면박이나 주면서
이만 총총 하련다.

안부

너를 그리워하는 일이
너를 잊지 않음이라 생각했다
그것이 너에 대한
최고의 배려로 알고
사랑이라 생각했다

옛날처럼 꾹꾹 눌러쓴
편지는 못할지라도
어쩌다 전하는 안부의 메시지로도
아니면 어쩌다 나 뭐 하고 있다는
짧은 전화 한 통으로도
너와 나의 사랑만은 이상이 없다고
생각하며 살지 않았던가

서로가 멀리 떨어져 사는 이유로
생각과 이상이 다른 까닭으로
또는 현실 상황이 여의치 못한
조그만 자존심 때문이기도 한
너와 나의 작금의 사태가 말해주고
있는 것 같구나

어쩜, 우리 우연히 만나고
또 헤어졌다 다시 만났던 인연에

서로가 무언가의 끌림이
있지 않았을까 하는
생각이 문득 든다

아니면
그동안의 정과 연민이
사랑을 은근슬쩍
밀쳐놓은 것은 아닐까 하는
생각도 오래 머문다

어쨌거나 가끔일지라도
누가 먼저랄것 없이
자신의 근황을 전하며
미안해하던 세월세월이
얼마이더냐.

섬과 나

나를 보는 너는
나를 궁금해하고

너를 바라보는 나는
너의 속 네가 궁금하다

궁금은
서로를 알기 위한
설렘이요
그리움의 첫걸음이라

서로를 알아가는
생각과 마음사이에
자꾸만
신경이 쓰여진다

자꾸만
바라보게 된다

누가 누구를 필요로
할 것인가

너는 나를
나는 너를

언제쯤 너와 나는
서로에게 다가갈까.

그리운 날은

그냥 웃지요

보고 싶은 맘
어쩌지 못해

낯설고
서툰 마음에
사랑한단 말
차마 못하고

겨운 그리움에

그냥
또
웃어봅니다

밤 꽃향이 짙던 날

밤 꽃향이
날
마실 오라
초대하는 날

오늘
문득

너의 모습이
몹시
그리워진다

너의 향이 더 그리워.

그립다

너는 내 마음을 기억하는지 궁금하다

차마 왜 내 마음을 기억 못 하는가
탓할 수는 없지 않느냐

탓하는 순간
나는 나답지 못할 테고
너 또한 그런 나를 어찌 생각하겠는가

온종일
너를 향한 보고픔으로
연민의 밤 꽃향이 간절한 향기를
후후 짙게 뿌리며 골목길을 거닌다

그 진한 향에 취한 너의 표정을
간절히 보고픈 가 보다

혼자 말은 메아리를 만들 수가 없다
오르지 네가 들을 수 있을 만큼의
목소리는 내야만 메아리가 살아
대답하지 않겠는가

밤 꽃향의 속 마음이란
오로지 향으로 말할 수밖에 없을 테니

없으니
너의 코끝을 더듬을 메아리야만
비로소 너는 나를 생각하며
창문을 열어 날 그리워하며
찾아오지 않겠는가

보고 싶다
나오렴

우리 만나서 얘기하자

음!
너는 나를
나는 너를

그리움 속에서 만나자꾸나
사랑을 나누자꾸나

난 밤 꽃향이다

곰곰이 생각한 끝에
이럴 수밖에 없는
그리움의 전결임을
알아나 주렴아.

후련

장대비가 내린다

더위에 지친
들녘을 시원하게
쏴아 쏴
제 몸을 확 풀어
헤치어간다

해 질 녘
기다렸다는 듯
풀꽃들이 동시에
샤워를 마치고

이쁜 얼굴을
마주한 채
깔깔 깔
웃음 치며
노을 속으로
긴 여운을 끌고 간다

개운해하며.

소망

항상 널
그리워하면
이뤄질까

사랑이

뭐라고, 소망이란

절실한
마음이라도
이뤄질지
모른다고

그래서
기원한다는
말을 쓴다
일컫더라

-그게 소망이라고-

그래,
사랑하기 참 힘들구나

그러냐?!

초여름 풍경

산이 발 뻗은 언덕 위에
풀꽃은 피었다 지고 또 피어나고

논배미에 모내기가 끝나
들녘이 초록빛에서 녹색으로
치닫던 때를 기다렸단 듯

마을의 터줏대감인 밤나무가
꽃을 송알이채로 피어 놓고
그 진한 향을 온 동네에 사뭇 뿌리고

뿌려대어 온통 밤 꽃향 내음이
초여름임을 알리고 있다

이따금 바람이 퍼내어보지만
줄지 않는 향 내음을 어찌하지 못한 채
제풀에 녹초가 되는 오후

노을빛도 밤 꽃향의 진한 맛에
꿀벌처럼 뒷걸음질이다

산비둘기 첫사랑 못 잊어
거리를 헤매이다 지쳐 통곡하는
처량한 그 맺힘 말을 듣지 못하고

아리다 못해 시린 아픔에 멍든
들창문 연
소녀의 가슴에 사랑도 서럽다.

사랑은

사랑은

너와 내가
함께할 때
사랑이요

사랑에
너만 있어도
미생의 사랑이요

내가 없는
너만의 사랑 또한
미생의 사랑이다

사랑은

홀로 하는 일이
아니기에
늘
벅차다

딱
한 사람

네가 있어야만
되는
일이니까

사랑은.

참 좋은 당신

어느 날 우연히 내 눈에 들어선
당신

처음 마주한 순간인데
편안해지는 이끌림의 마음이
왠지 솔깃해 좋았습니다

그날 이후로
정말 당신을 좋아하며
만남을 이어갔습니다

내 곁에는 당신이 있다는
생각만으로 도 문득문득
즐겁고 행복해하는 나를
의식하고 말았습니다

은근히 당신에게 기대어 생을
만끽하려 하는 나를 발견하고
말았습니다

무엇을 하던
무엇을 먹던

당신이 지켜본다는
믿음 하나가
나를 살맛 나게 해 줍니다

바로 인연의 참 좋은 덕분입니다

내가 나를 행복하게 해 줄 수 있는
당신은 참 좋은
나의 그리움이 되었습니다

감사하게도….

그대, 사랑인가요

혼자보기 아까워
보내준다는
침묵을 깬 그대의 꽃사진 한 장
나는
바람에 파르르르 흔들리는
꽃잎처럼
마비가 되어 꼼짝 못 한 채

꽃사진 한 장 때문에 와르르르
어찌하지 못하는 전율의
주술에 걸리었네요

그대가 피워낸 꽃송이

내 마음이 순간 미치어버렸는지
와락, 당신을 끌어안아버렸어요

어쩌죠
어쩌면 좋죠

이런 내 마음을 찍어
그대에게 전해 버렸으니

몰라요
난,
몰라

탓은
그대뿐이니.

찔레꽃

찔리면 아프다 하여
반짇고리 뒤엉킨 속
골무 찾아 매만지며
붙여진 이름이련가

한가닥
희망의 끈을
놓쳐버린

사랑의
아픔이 깨어진
사금파리 같아
붙여진 이름이던가

오늘도
산모롱이에 모여 앉아
찔레꽃 향기의
슬픈 옛 얘기를
전하고 있다.

사랑의 숲

내가
너를 좋아해 하는 사랑

네가
나를 좋아해 하는 사랑

너와 나의
마음이 만나
서로를 사랑할 때

너는 나의 사랑을 먹으며 살고
나는 너의 사랑을 먹으며 산다

네가 있고
내가 있어

자라는 사랑이니

너와 내가 건강하다면
사랑 또한 건강히 자랄 테니

우리의 사랑이
영원하리란 걸

메아리가 답 하리라.

커피잔을 들으면

멈칫 또
그리움이 찾아와
너를
생각한다

햇살 좋은
이 아침

너는
지금 없지만

너를
그리워하는
마음 하나로도

커피 맛이
더
짙고
깊기만 하다.

모내기 철 비가 내리면

목청껏
개골개골
짝을 찾다가

날밤 새워
버린 날

운 좋게
그리운 짝
정말, 만나면

오늘은
너무 좋아

또다시
개골개골
온밤을 즐기겠네.

둥근달이 뜨면

보인다

엄마
엄마

우리 엄마다

오늘도
엄마는 옛 모습
그대로다

행주치마
두르고
무싯댕이 들은 채

부엌문을
여시고는

날 반겨 안아주려
(구부정하게)
허리춤을 낮춘 채

내가
품에 안겨오길
기다리며
환한 미소를 짓고
계시다

엄마가
지금도.

살아가면서

핀잔도
찰떡같이
알아 들어야

복도
찾아들고

누군가
개떡같이
말할지라도

찰떡같이
들을 때

너는
이기는 법을
배운 것이다.

창가에 앉아서

사랑에
정신 팔려
미쳐보아야

인생을
배울까

누가 뭐라도
사랑은
그런 거라고

넌
자신 있게
말할 수 있니

사랑을 주는 일
사랑을 받는 일

그 또한
삶이라고

말할 수 있겠니

넌.

밤 꽃이 필 때쯤이면

오늘도
널
그리워하며
뻐꾸기
울음소리를
듣고 있다

괜한
생각일까 하는
헛 찰나에
들어서는 뒤뜰에 는
앵두가
빨갛게 익었다

어쩌냐
또
네가 생각난다

왜
왜

들녘에는
모내기가 한창인데.

사랑의 민낯

나 아파
정말 아파
너 때문이야

넌
내 눈에 들어와
웃고 있는데

네 눈엔
내가 들어서지
못하고 있어

그래서
아파.

꽃 그리고 나

너는 나를 바라보며
향기로 다가오고

나는 너를 바라보며
가슴으로 품는다

비로소
너는 나에게 안기어
꽃으로 피었고

나는 너로 하여금
비로소
사랑을 느낀다.

오늘은

오늘은
너의
자스민향이
그립다

나를
바라보는
노을도
기다리고
있다

너의
자스민향이 궁금도
한
모양이다

오늘은.

비내리는 날의 소묘

부침개
뒤집히며 노릇노릇 익는다

어디서 왔다가 어디로 흐를꺼나

머릿속을 헤집는 그리움이 본색을 드러내
뭉그적이며 핑계의 늪에 빠져든다
습관인가 아니면 관습이련가

오늘도 어김없이
부침개의 구수한 향에 입맛 돋우는
식성이 또 부산을 떠니
막걸리 주전자가 퀄퀄 한 대접 맘껏
따라 넘침을 의식한다
결국 들이켜야 할 격한 입가심이 선동적이다

어쩜, 그렇지 않고서야
오늘 하루를 어찌
견딜 수가 있겠는가

모내기를 서둘러 심으려니
물꼬릉 보려 동분서주했으나
체력이 바닥나 육신의 허한 마음을

달래고 또 어르고 달래어 봐도
제갈길을 잃고 나를 바라보며
흠뻑 비를 맞고 선 그리움이 더
안달이지 않던가

너도 한잔 나도 또 한잔
마시고 또 마시면 지금의 시름이
잊혀지고 새로운 맑은 영혼이
찾아들겠지

권하는 사이사이에
지도 나도 만취가 되어 마음줄을
잃고 널브러지어 허프허프 말 주저리다
꿈속에 들어 이불을 뒤집어쓴다

산다는 것이 살아가는 일이
삶을 잇기 위한 임시방편의 핑계도
때에 따라서는 필요로 하나보다

어찌 모든 것을 부여잡고
고심할 일인가

결국은 지 혼자 마시고 취해
한시름을 잊는다

내일을 향한 영혼의 쉼을 위해
그렇게 비핑계를 대본다

비야 더 오거나 말거나 다.

살아가는 동안

앞서지 말고
남과 같이만 살자

사랑하면서

둥글둥글
모나지 않게
올곧고

일관된 마음으로
서로를 사랑할 때

정말 아름다운
인생의 길이
당신을 안내하리니.

제

5

부

오늘도

널

기다리며

사랑이라는 것

나 혼자 좋아
사랑을
하다 보니

참. 자유롭다

비록
혼자만의
사랑일지라도

그대를
알아가는 일

좋다
신명이 난다

사랑은
사랑이니까

인연

어느 날 문득
내 품에 뽀듯이 안기어 온
너의 마음을 보듬으며
편안하고 안정된 자세에
꼬옥 안아 보았어

순간 바로 느낌이 왔어

그래 내 인생을 너와 함께해도
후회하지 않고 보람되게
살아갈 수 있겠다는 확신이
생겼어

그 후로 널 사랑하며
온 힘을 다해 너와 익숙해지려고
정말 정말 노력했어

다행인 건
너도 나의 끈질긴 뜨거운
사랑을 느끼었는지 너의 속 깊은
마음까지를 진솔하게 가감 없이
진부할 정도로 다가와 줬어

그런 인연으로 이젠 너와 필연이
되어 내 인생의 반려자로서
자연스런 동행의 길로 나섰구나

아니 내 삶의 일부가 되었구나

너!
너는 첼로라는 이름을 갖은
악기이면서 클래식을 흠모하는
음악인들의 마음을 사로잡는
묵직한 중저음의 소리로
감흥의 연주를 스스럼없이
잘도 표현해 주었지

그런 너와 호흡하지 않았던가

나는 너를 연주하는 연주자
이젠 관객도 알고 있단다

너의 이름은 첼로, 나의 첼로여!

우리 서로

사랑하는 동안
우리 서로를 확인할 믿음의
눈빛대화를 교환하자

사랑하는 동안
우리 서로를 이해하며
살가운 사랑의 말을 나누자

사랑하는 동안
우리 서로를 의지할 확신의 손을
꼬옥꼬옥 잡아 주자

사랑하는 동안
우리 서로를 존중하여
말과 행동으로 예의를 갖추자

사랑하는 동안
우리 서로를 남과 비교하여
상처 주는 일이 없도록 하자

사랑하는 동안
우리 서로의 오롯한 행복을
커피를 리필하듯 즐겨 가자

사랑하는 동안
우리 서로의 아름다움을
감사하며 살아가자

둥글둥글 모나지 않게
올곧고 일관된 마음으로 서로를 사랑할 때 진정한
행복의 기쁨을 늘 마주 보며
살아갈 수 있지 않겠나

우리는.

행복

어제는
온종일 네 생각했다
생각만 하는데도
너무 벅차고 기뻤다

왜일까

너도 좋아할 거란
마음에서였는데

이상한 건
내가 더 기쁘더라
좋아 죽겠더라

괜한 행복감에 이것이
사랑의 힘이고
사랑의 기쁨이란
것인가 생각했다

그러고 보니
지금의 내 행복은
오롯이 너의 선물인 것을

깨우쳐 알아가니

이제서 너의 존재가
대단함을 또 느껴본다

지금의 이 행복에
감사한다

고맙다.

세월 그 세월

봄날의 뜨겁던 사랑
욕망으로 치닫던 그리움

열정의 꽃잎 떨구어
자존의 요구를 향한 참된
열매 가슴에 품은 채
5월을 즐기는 풀꽃이여

기죽지 마라
비록
너의 이름을
불러주지 않는다 하여
슬퍼하지 말거라

세상에 숱한 사람도
모두가 유명한
사람일 수 없듯이

너는 나를 바라보고
나는 너의 예쁜 모습을 보며
서로를 인정하며
행복을 느끼며
즐거워하고 있지 않느냐 -지금-

깊은 밤
네가 별을 바라보며
외로움을 달래어 가는 일

또한
나도 쓸쓸함을 견디기 힘들 땐
밤하늘의 별을 본단다

외로워 마라
삼라만상이 늘 행복할 수 없고

모두가 사랑 속에 사는 것은
더더욱
아닌 것 같더라

세상은 돌고 도는 법
너와 나도 외로운 시절을
버티어 가다 보면
즐겁고 행복한

시절이 꼭 찾아오리라

슬픔을 잊고
행복 찾을 꿈 속에 들자구나

좋은 꿈 꾸자

꿈이야기

간절했던 꿈하나
평범하게 만 살게 해달라고

그럼에도 평범은 하지만
필요할 때 요긴한 사람이고
싶다고

그렇게 부족한 듯
살아온 인생이었다

작금의 간절한 꿈하나
지금껏 많은 시를 썼는데도
나를 대변할 시 한 편 없고 보니
입에 오르내리는 시 한 수가 그립다

한 편의 명시 한 수가
간절하건만
아직은 절실한 소망에
불과한 처지이고 보면
언제가 될지 나는 모른다

아니면
글짓기를 좋아했던

한 사람으로 묻힐 수도 있다

그럼에도 신의 한 수가
어느 날 갑자기 나의 뇌를
채근하며 순간의 예시를
내려줄까 하는 기다림만 있다

그렇다
작품 한 편 만나고 싶어
지금 이 순간에도 고뇌하며
좋은 시 한 편 짓고 있는
숱한 문인 중의 한 사람인
나의 존재를 곁에서 보고
있을 뿐이다

절실함으로 다가서면
이루어진다는데 과연
그럴까

기다리고 있다
기다리며 글짓기를
한다

그 소망하는 꿈하나
키우고 있는 터다

오늘도.

내 눈의 꽃

이 세상에서
가장
아름다운 꽃은

오르지
당신뿐이다

누가
뭐라 하든
내 눈이 점지한
한 송이 꽃

가까이에서
보면 볼수록
정감 가는 꽃

날 행복으로
초대하는 꽃은

바로
당신

당신뿐이다.

장미·1

누가
장미를
고혹적이라
했는가

넘보지 못한
뭇 사내의
짝사랑이었던가

해 질 녘
돌담을 넘은
한 여인의 미색에
가던 길 멈춘

나는
무어라
말을 할까나

선망의 눈길만
던지고 있다

마냥.

장미·2

아파도
입맞춤하면
꺾을 수
있으려나

당치도 않다
장미는
장미일테니

그런데
놀랍게도

담벽에 기대
골목길을

사냥한다

오늘은
널
기다리며.

장미·3

도도한
가슴 일 수록
사랑 또한

뜨겁다

오늘 하루도
당신을 기다리며

옷깃, 여민다.

장미·4

담장에 기대선 장미가
웃는다

허
난 널 부른 적이
없는데

왜, 심쿵했냐
장미가 말한다

나도 널 보고 웃은 적이
없는데

하, 난 말야
5월의 부름 받고
기분이 좋아 웃었고
하늘이 보듬어 주어
행복해서
웃고 있었을 뿐이다

왜
너 김칫국 마시었니

왜 이래
나, 장미야

5월의 여신
장미란 말이야

왜 이래, 정말

커피잔을 들면

고프다
사랑이 많이

봄이라서

그런가

커피잔도 외돈다

홀로라서.

그렇다

지금

너는 어디에서
무엇을 할까

나는
모든 날
모든 순간

그리고

모든 찰나 까지를
널, 그리워한다

너의
지금을 궁금해하며

어느 날 아침

단꿈을 아쉽게 깨어
서운한 마음 개운치 않아
눈 비비며 창문을 열 때

내 귀를 노크하는
희망찬 까치 소리에
제가 왜 호들갑일 까

무슨 일, 어떤 징조이려나

어쩜
오늘 반가운 소식이나
기쁜 일이 있으려나 하는 차에
행여
그녀가 오려나 하는
선입견에 괜스레 입이
귀에 걸리고 있다

흔한 얘기로 무소식이
희소식이라 하지만
괜한 상상의 걱정들이
마음을 편치 않게 짓누르며
연연토록 아니하던가

아침이슬에 씻기우고
햇살을 받는 장미꽃처럼
새침한 생머리를 뒤로 젖히며
쌍샘뜰에서 멈칫 한 바퀴 돌아
조금은 도도할 미모가 벌써
마음 한켠이 심쿵하여 자제할
마음의 입술을 지그시 다물어
굳이 평안을 추슬러 본다

햇살이 창가에 앉을 무렵에서야
따끈한 커피 한잔을 들고
반 미치광이가 되어 어쩔 줄 몰라
스마트폰을 만지작하던 손을
힐책이나 하고 있다

아 좋다
그냥 좋기만 하다

오늘은 5월의 몇째 날일까
달력을 바라보며 햇살 한 모금을
마셔본다

맛있다.

집념

일에 미쳐라

일에 미쳐서
최선을 다할 때에

보람도 두 배
기쁨도 두 배

미치지 않고서는

성공의 길도
행복의 길도
미래의 길도

장담할 수가 없다

미쳐라, 당신
그래야
당신이 산다.

당신

오늘도

당신 곁엔
언제나
마주하는
나
있음을

당신은 의식할까

당신
또한

내일도
함께 해줄까, 하는
침묵의 믿음하나
잡고는 있을까

괜한 생각들이
빗줄기 속을
거닐어 온다.

살아보니

진작에
알 수 있다면
격지 않을
걱정들

삶에는
예상치 못할
사소한 일
늘, 있지

그래서
삶이란 말을
쓰는 것 일 수도

어찌 보면
우리 모두가
'삶이란'
삶이란 말을
되네이며
살아가는 것은
아닐까

그런가요
그럴까요.

선문답

당신을 위한
단 한 사람

그가 바로
나, 라오

당신을
사랑하니까

정답이길
바라오.

시절 인연

혼자가 좋았던 때도 있었지만
지금은 혼자인 게 싫어졌다
빗장 걸었던 마음이 어느 날 문득
슬그머니 열어놓고 허한 마음을
다독이며 누군가를 그리워한다

어렴풋이 생각 난 사람이 아니다
우연한 모임에 참석했다가
내 눈이 찾아낸 여인이 슬금슬금
내 마음을 열어젖히고 있다
그런 상념이 이상하게 싫지가 않다

이런 생각과 감정을 느끼게 되고
즐기고 있다는 현실을 체감하기는
정말 오랜만의 일이다

-나도 나이가 들어가나 보다-

쓸쓸함이 있고 외로움이 있고
고독까지 밀려듦을 인정하게 된
그간의 삶의 여파가 여실히 증명하고
또 그런 광경을 인지하면서
살아오지 않았던가

이렇게 사는 것이 정답일까 하는
의문을 던지며 숱한 생각들이
나를 에워싸고 돌며 눈치를 준다

사랑이다
사람들의 기대 속에는 시선이
따르고 함께하고자 하는
빈 가슴을 채우고자 하는
따스함의 온기를
간절함으로 바라고 있음이 확실하다

삶에는 정답이 없다고
영원한 것은 없다고 말들을 하지만
곰곰이 생각해 보면
현재 내가 살아가고 있는 일이
정답인 것이고
내가 살아있어 사유한 일 또한
영원한 것이란 말을 하고 싶다

봄꽃이 만개한 산과 들을 찾아
사람들은 나들이를 한다

자연과의 시절인연을 찾아….

선언·1

놀리지 마라
내 눈이 결정했다

나,
너 사랑해

선언·2

오늘 하루도

네가
궁금했던 말

사랑해 너를

또 할까

정말 사랑해.

선언·3

생각할수록
마음 가는 사람이

바로 너였다

아니
너밖에 없다

나
너 사랑한다.

어느 봄날

소녀를
그리워하다니

내 마음의 청춘은
지금도 펄떡인다

정말로
반가운 충격이다

아직껏
문학소년으로
설렘을 간직하며
희망을 꿈꾼다

소녀가 있는 한
여전한 꿈을 꿀테니

얼마나
감사한 가.

그리워서

우울이
보채여와
마음 아플 때

어찌하면
좋죠

당신은
아실 텐데
모른 척 하니

어쩌죠
이일을.

정

언제나
살가움으로
다독이는

따스함

하얀 그리움

널 보고 싶어 하는 마음
간절해지니
널 보고 싶어 하는 만큼이나
그리움은 더 커져만 간다

어찌하면 좋으냐
그리움이 안달이다

그리워하고
보고 싶어 하는 마음이
온종일 투정을 부리고
안절부절 난리도 아니구나

오늘밤
비라도 내린다면
내 마음 어찌할지 정말
걱정스럽다

어쩜 퍼붓는 빗속을 헤치며
마음이 미친 듯이 거리를
뛰쳐나가려나 어쩌려나
그럴 만큼의 그리움이 심한
충동이고 있다

그래
내가 이런 마음이란 걸 너도
이해한다면 오늘밤은
너와 나 서로를 그리워하며
긴 밤을 하얗게 지내지 않을까
하는 걱정이면서도
싫지가 않은 것은 왜일까

그래
왜일까.

묻는다 또

나는 누구인가

지금껏
나로 살았음에도
또 물어보는
누구인가 나는

스스로의 정체가
미덥지 않은 탓일까

아직도
뚜렷한 나의 입지가
모호하다

살아있음을 증명할
포효 한번
질러본 적이 없었으니

나는 단지
나일 수밖에 없었던 것
그럼에도
되뇌어 보는 말

나는 누구인가
누구인가 나는

찻잔을 들고 창밖을 보며
나에게 나를 묻는다

지금의 내가 나인데도

또다시.

오늘도 감사한 당신

세상에
하나뿐인
당신을 위해

무엇을
할까요

그저
보기만 해도
좋은

그냥
좋은

당신.

4월의 선물

꽃이 필 때는 그리움을 주고

꽃이 질 때는 그리움을 남긴다

세상 사는 일이
섭섭함과 아쉬움은
늘
고명처럼 얹혀주곤
돌아 앉지 않던가

아마도 또 다른
내일을 준비하라는
자연의
섭리는 아닐까

꽃은 늘 피고 또 진다

그리움을
뜨개질해
가슴에 묻으라고.

나 어쩌면 좋니, 소녀야

풋풋한
찰나의 앙증
사로잡는
긴 여운

아, 예뻐.

산다는 거 그거

세상에
쉬운 일은 없다

남보기에
쉬울 뿐

일하는 당신은
힘들고 늘
고달픈 노릇이다

또한
세상에 공짜는
더더욱 없다

배려와 감사하는
맘으로 살아야
할 것이며

다만
최선을 다하는 삶이
진정
아름다운 것이다.

당신과 함께 있으면

눈꼬리에 사랑꽃
입꼬리에는 웃음꽃

귀에 걸어 피운 꽃

그리고 톡 터지었다
당신을 바라보며
내가 피워낸 꽃, 행복꽃

온밤을 향기 듬뿍
보람 꽃이 피었네.

제

6

부

내가 너를
사랑했던 날

이별하던 날

차라리
잊고 살자고 말을 한들
잊힐까

그럴까.

어르신이고 싶다

어른인 나의 바램은
'어르신'이고 싶다

어디에서 무엇을 하던
누구와 대화를 하던

인생의 참을 진솔하게
얘기할 수 있는
'어르신'이고 싶다

본이 될 수 있도록
넉넉한 인품을 지닌
어른이 아닌
'어르신'이고 싶다

어르신답고
어르신다워야 할 그런
'나'이고 싶다
그런 사람이었으면 좋겠다

이제는.

치부

삶 속엔 많은 이야기가
호사가의 입맛에 따라

무치고 버무려지어
맛을 내고 고명을 얹어
솥뚜껑을 들었다 놨다
호들갑이다

흉을 잡고 허물을 벗겨
크고 넓게 보쌈한 채
입에 넣어 되새김질이다

못난 짓인 줄도 모른 채
입에 침이 마르도록 또 씹는다

하, 그렇다
몇 명만 모이면

지들도 그렇게 살면서
젓가락 장단이다

누군가의 아픔은 나 몰라라
하면서.

봄은

당신을 기다리며 봄은 꽃을
피웁니다
꽃은 당신이 찾아올 거란 걸
알기에
매일매일 당신을 생각하며
참 이슬로 단장을 해왔지요

당신이 봄을 기다렸듯이
봄도 당신을 기다렸지요

당신의 따뜻한 마음을 꽃이
사랑했듯이
꽃의 아름다움을 당신도
사랑했음을 봄은 압니다

당신이 다녀간 후로 꽃은
또 다른 예쁨을 받기 위해
새잎을 틔었고 꽃이 진자리에
새 생명을 잉태하였지요

봄은 그렇게 당신의 손길과
따스한 웃음의 의미를 잘 알고
기억합니다

당신이 꽃을 기억하며 추억할
그 순간을 오래오래 꽃 또한
기억할 것입니다

봄은 당신과 꽃의 사랑입니다
그래서 봄은 행복합니다.

사랑이 무엇일까

사랑은
우리에게 무엇일까
너를
만나면서 배워가는
사랑이란 의미

너를 만나고 또 헤어지고
다시 그리워하고 늘,
너만을 생각하는 것이
자연의 섭리인
사랑의 본능은 아닐까

사랑은
마음을 뜨겁게 하고
보고 싶어
안달하는 과정인가

사랑은
오묘한 이치의 원초적이라
본능으로 이성을 필요로
하려 한다

오늘도
너를 그리워하며
사랑을
노래한다

너에게 사랑은 어떤 의미인가
나에게 사랑은 어떤 존재인가.

꽃

예쁘다 예쁘다 하니
예쁘다 예쁘다 하며
사람들 모두가 너만 바라본다

뭐야 뭔데 그래, 라며
어깨너머로 본 나도 놀랬다
정말 예쁘다

넌 꽃, 벚꽃이다

근대 보면 볼수록
날 자꾸 홀리는 눈빛이라
홀딱 마음을 빼앗기었다

근대 난 어쩌냐

너를 보는 나도 덩달아
자꾸 아름다워지고 있으니
행복, 행복을 느낀다

지금의 너도 행복할 테니
이보다 더 좋을 수 있겠니

우연이
마냥, 기쁜 날이다

오늘, 이 시간에
그대로 완벽한 하나의
앨범 속에 소중한 추억으로
남았으면 좋겠다

봄, 봄이다
봄엔, 꿈이 로망이 아니냐
꽃인 너 그리고 나
마주하고 섰구나.

소녀

하얀 나비 한 마리가
훨훨 훨 숲 속을 노닌다

가녀린 몸놀림이 어여쁨에
빠져들던 그 순간에
날아든다- 내 눈 속으로-

순간 나는
그 귀하고 순수함에
뜨거워 오는 심장을
달래어 간다

쑥스럽고 머쓱하게
돌리고 만 눈길이다

어찌하면 좋을까
어찌해야 할까

내 마음의 눈을 설레어 놓은
뜨겁게 달아오른 날갯짓에
허둥대어 어쩔 줄을 모르고
허둥이는 가슴이다
어쩌란 말인가 어찌하면 좋겠니

정말

소녀여
소녀야.

봄비

그냥
너를 좋아했다가
이젠
그리워하게 되어
문득
너 없으면 어떻게 하나
걱정이 되었다

봄비가
너를 그리워해야 할
이유가 된 후로
지금에 이르렀구나

창밖에 내리는 비는
그리움을 그리워하며
아직도
내가 보고 싶냐고

묻고 있다

토닥토닥.

정경

봄 볕이
거니는 언덕

쏘옥쏘옥
손 내미는
아기 새싹

꼬몰거린다

앙증스레

나비가
훨훨 날아오길
기다리나.

커피를 마시며

춘야의 가로등 아래
활짝 미소 띤 미색의
홍매화

그날밤 그 자리에
함께 홀려 미쳤던
당신의 초롱한 눈
깜박일 때면

내 눈은 당신에게
더 미치고 반해

커피잔을 홀짝이며
당신의 아름다움에
눈을 떼지 못한다

얼마나 감사한 밤인가
얼마나 행복한 밤인가.

유채밭에서

샛노란
유채꽃이
당신 곁에 와

넌지시
웃던 날

날 보는
당신의 눈
그리움 뚝뚝

사랑을
먹는다

소녀

소녀

소녀라는 이름을
생각하고 부를 수 있는 게
행복이고 기쁨이다

소녀

아마도 내 마음속에는
소년의 감성이 지금도
자라고 있나 보다

얼마나 감사한 일인가
얼마나 다행한 일인가
얼마나 소중한 일인가

순수한 감수성이 가슴 한켠에
새싹으로 파릇파릇
싱그럽게 자람을 느끼었다

떠올리기만 해도
좋기만 한 소녀라는 말

"사랑이란 말에 수줍어할
그런 모습에 난 반한다-"

좋다
참 좋다
마냥 즐겁고 신명이 난다

소녀라는 말이.

하얀 목련

하얀 저고리에 옥색치마
단아한 동정깃 여인
흠모해 힐끗 바라봤다가
뽀오얀 앙가슴에 멈춰 선
빼앗긴 눈의 마음을 안다

곁눈질이 무색하다
생소함에 민망하다

낸들 어쩌나
보여지는 것을

아름다움이 죄가 아니듯
아름다움을 보는 것 또한
죄가 될 수 없지 않겠나

절재 된 옷매무새에
고고한 새침머리까지를
오롯이 품어 안고 있다

무엇이 부러운가
어느 댁 규수던가

절정의 여인
너를 만나기 위해
나 이대로 꿈속에 든다

목련이 핀다
하얀 목련이다.

매화

순결한 소녀처럼
소박 청순한
짙은 향의 청매화

내 마음 어쩌지 못해
자리를 못 뜬다

볼 수록 해맑고
깔끔한 차림새가

너처럼
어여쁨에

봄

봄에는 모두 미친다

꽃봉오리
톡
터져야 할
순간은 찰나다

그 찰나가 봄이기에
우리를
미치게 한다

이래저래
미쳐보는 봄은
결국은 온다

너도 미치라고.

별똥별

너 떨어지기 전에 소원을 빌면
소원이 이루어진다는데

입 빵긋할 사이에 곤두박질쳐
내 소원을 말할 찰나를 낚지
못했다

그 순간 어안이 벙벙한 나의
행색이 난감하였다

내 참!
하면서도 난처한
처지가 무안하건만
하늘은 아무 일 없다는 듯이
데면데면해 버리니

소망하는 꿈 하나 그리움 되어
하늘을 떠돌고만 있다

빌고 또 비는 나의 소원은
무엇이었을까

딱히 기회를 잡았다 해도

당차게 말할 자신도 없이
멈칫거리기가 다반사였다

그렇다
찰나를 놓쳐서.

시샘

햇살은
봄이라는 데

꽃샘바람
심통이다

그래도 때를
어길 수는 없다

때가 되면
반드시
봄은 온다

내가 너를
사랑했던 날

그날
처럼.

정취

내 마음속에
봄이 들어서던 날

네 생각했다

순이 순이 야
찾아온 봄의 정취

맘껏 즐기자.

삶 속의 지혜

내사는 세상에는
쉽게 얻을 수
있는 일은 없다
어느 것 하나
거저
얻어지는 삶은
나에겐 없다

오로지
노력뿐이다

인생의 참맛을
느낄 때 서야
만족할 몫의 댓가를
줄까 말 까다

어느것 하나
쉽지가 않다

단지
운명을 걸어야 한다
모든 이의 인생이
그런 것 같기에

나도 그런가 한다

당신은 빼고 내 인생이다.

우물가에서

올해도
설렘으로

물 긷는 여인

봄 아씨
수선화.

소녀

너, 어디서 왔니

사슴눈을 한 너
어디로 갈래

새싹이 트고
꽃눈이 튼다

여린 마음의 순결
차마, 잃을까
바람도 잠든 오후

아직은 하얀 나비의
날갯짓이 가녀리다

너 어디로 가려느냐

비밀스러운
너의 꿈이 참
궁금하구나

소녀여.

창밖을 보며

너의 빈자리 그리움이 채우고
그리움은 또 널 떠올리게 하여
창을 열고 너를 바라본다

좋다
참 좋다

이 맛에 난 너를 생각하며
살아가나 보다

지금껏 너를 생각하는 이유는
바로 너를 그리워하는 일도
너를 바라보는 것만으로도
내 마음이 편하고 즐거워짐에
감사함을 느끼게 하니까

차 한잔 하자
차 한잔 하자구

말 떨어지기가 무섭게
넌 따끈한 커피잔을
카톡으로
보내 주었지

찻잔에 일렁이는 너의 모습
오늘따라 왜 이리 예쁘냐

봄이라서 그렇다고
하 그러네
봄이라서라

하이얀 블라우스가
참 깔끔하고 어여쁘다
정말 너의 가슴에도
새봄이 찾아왔구나

얘
서산에 노을이 진다
아름답다

사랑이 짝을 찾아
노을 속으로 서서히 물들어
보이질 않는다

나는 아직도
찻잔을 움켜 쥐고
있는데….

바라다

별일 없나 전화했다
잘 있었구나 다행이다
네가 잘 있으니
나도 잘 지낼 수 있다

궁금했던 마음이
전화 한 통으로 해결이란
손쉬운 일을 머뭇거렸음이
미안만 하다

세상 참 살맛 난다

마음먹기 나름이라는
스스로의 현실에
혀를 찌른 듯 계면적구나

어찌 보면
전화를 할 수 있는 나
전화를 받아주는 너

이럴 수 있는 우리 사이를
감사하고 고맙게 생각하자

서로가 다행인
지금을 기원하자꾸나

오늘을 그리고 내일을 위해

건배하자- 우리.

어느 봄날

꽃샘바람이 묻혀온 그리움 하나
시린 볼 아림 속에서도 또렷한
보고픔의 실체는 바로 너였다

햇살이 참 좋은 오후
양지쪽에 파릇파릇 새싹이 돋고
아지랑이 일렁이여 그리움을
홀리어갈 때 너의 향 짙어져 간다

봄기운이 완연해가는 들녘을
바라보는 쓸쓸함에 젖고 보니

오늘따라
온종일 네 생각만 하고 있다

보고 싶다.

봄 봄봄

너와 나

가까이에 있건
멀리 떨어 져 있건

서로 사랑하고
그리워한다면

우리의 마음은
늘
봄이다.

그날 이후로·1

사랑이
찜해준 여인

당신이라

부르리.

달콤한 추억

한 번은
만나고 픈
첫사랑 순이

지금은
뭘, 할까

애틋한
그리움을
펼치게 하는

춘야의
설레임.

그날 이후로·2

사랑에 빠져
미치는가 봤더니
정말 미쳤다

한번 빠지면
헤어날 수 없더라
환장하더라

내 스스로가
자제하지 못하고
빨려 들어가

사랑에
물들어 버렸다
너에게
흠뻑 젖었다

사랑의 덫은 정말
무섭다

하하
얘
사랑은 그런 거야

그래서
사랑 사랑하지
달래
사랑 사랑 하겠나

너도, 참.

내 나이

젊은이들이 어르신 어르신 하니
가끔 멈칫멈칫 어색함이 많았지만
친구들을 만나보면 어느덧
그런 나이가 되었음을
실감하게 되었다

하지만
노년임을 자임하고
인정하기까지
숱한 번민의 시간을 가지였다

마음을 삭히는데
오랜 시간이 흘렀다
어쩌다
여기에 머물렀다는 말인가
세월 참 빠르다

젊은 시절 어르신들의 대화가 잦던
그때를 기억하며 그 불꽃이
내 발등에 떨어진 것을 뜨겁게
느끼고 있는 터다

그리고 덧없는 세월을 보내며

생각한 끝에 몇 살인가를
이제는 잊기로 했다

몇 년 전부터 어머니는
나이를 잊으시고
몇 살인가를 물으시곤
혀를 차셨다

그렇다
어머니처럼
지금의 나로 살면서
현재의 나이를 사랑하고
매일매일을 즐겁고 기쁘게 반기며
감사하련다

'고맙습니다'를 되네이며
단 하나의 명시를 쓸 수 있는
기회를 만나려고
고뇌하고 퇴고하면
언젠가 그날을 만날 거란
큰 희망으로
살아갈 것이다

그때까지
육신과 마음이
건강하기를 기원하며
하루하루를 희망으로
살고 싶다

내 나이가
몇 살일까

몰라
나는 모른다

세월 너나 기억하며 가거라.

풍경

꿀벌의
첫 출근길

벚꽃에 홀려

꽃 속에
빠졌다

꿀물을
옹 물더니
취해버렸나

설설 기고
있다.

연민의 시간

가끔은 또는 늘 그리고 자주

하늘 한번 올려보며
세상시름을 잊으려
마음 그릇을 씻어내듯이

너를 그리워하면서도
차마 그 말 모두를
너에게 말할 수는
없었다

어쩌다 전화해 안부를 묻고
정을 나누는 일로
너와의 연을 잇고

쓸쓸히 거리두기 하는 말
전화받아줘서 고맙다 하면
전화해 줘서 고맙다 하는 너

좋아하면서
좋아하고 싶어서
좋아하려고

수다 아닌 수다도 떨어 보지만
아쉬움은 오래오래
내일을 위한 거래로 이어져 간다

어찌 보면
그 섭섭한 마음 하나로
여기까지 온 정이 아니었을까
하는 푸념도 뇌까려지고
아니 그러면 안 되는데 하지만

끝내는
하 미련인 거야
헤어질 수 없는 거래가
진행 중인 거겠지라고
위안을 한다

지금껏 그래왔듯이
오랫동안의 침묵은
깨트리지 말자

그러자
너하고 나하고.

되돌아보면

흐르는 구름을 잡을 수 없다
흐르는 강물도 잡을 수 없다
세월은 더더욱 잡을 수 없다

구름을
강물을
세월을

어느 것 하나
거스를 수 없는 자연의 현상
그 자체다

인생살이일지라도
자연의 섭리를
따라야 하는 순리이기에

살기 위해
삼라만상은
순응하는 일 외엔 없다

사랑
인생
삶

모든 아픔과 상처
또한 살면서
부딪쳐야 하지만

물 흐르듯
구름 흐르듯
세월 흐르듯
거스를 수는 없다

다만,
윤리와 도덕은 지켜져야 한다

그런 후에
시간이 해결할 일은
시간에 맡기고
참고 또 참으면
해결될 일 아니려나

결국은 자신을 위해
지나갈 것이니
지켜볼 일은 아닐까

그대여
흐름의 세월을
인정하자

-꼭-

메아리

한때는 떨려왔다
그리하여
부르지 못한 너의 이름

순이
순이

딱한 번 얼떨결에
너의 이름을 부르고 나니
즐겁고 행복해 더 힘차게 불렀더니

아 좋다
참 좋다

그날 이후로
이제 너의 이름을 부를 수 있는
네가 있음에 감사했다

너의 이름을 부르면 부를수록
난 벅찬 환희를 느끼면서도
너의 생각이 궁금 만 하다

네가 들었다면

어땠을까

네가 들었다면
너도 좋았을까

그랬으면 좋겠다- 정말

순이
순이야.

그리움 너

널 생각했다

어제도
오늘도

또 생각한다

어쩌면, 보고 싶은 일이다
이루고 싶은 꿈이다
절대적 희망사항이다

평생을
가슴에 묻어두고 살아온
영원한 그리움의 벗으로
연연하게 맴돌지만
언제나 데면데면한 우리의
인연이라

그런대도
널 그리워할 때마다 마음이
평안해지고 웃음도 지어주며
마음의 안정을 선물하는 배려도 서슴치 않더라

그런 응원과 칭찬 때문에
오늘까지 좌절 안 하고
힘차게 일어나 살아가고 있나 보다

그래, 그리움으로 늘
내 곁에 머물러 있으렴

그럼 다시 또 언제나
널 생각할 거니까

그리워할 테니까.

인생·2

여기까지는
욕망으로 왔다

지금부터는
'나'로
살아가련다

너도
너다웁 게
살길 바란다

내 인생아.

제

7

부

그대

눈속에 피어나고

봄이구나 봄

네가 보고 싶었다고
말할 때마다
난 너를 잊고 살았다는 말
차마 하지 못한다

만약
내가 널 보고 싶었다고 말하면
넌 나도 보고 싶었다고 으레 껏
말할 테니까

그런데
오늘은 정말 네가 보고 싶구나
어쩌냐

봄이잖니 봄
봄이니까
봄이기에

말할 수 있다

봄 아니냐

봄.

봄봄 하기에

철부지
홍매화
봄봄 소리에
눈을 떴다가

세찬 손
꽃샘바람에 뺨을 맞고
얼떨결 아린 볼
매만지며
눈물 찔끔 흘릴 때

톡 터져버린

온통 뻘건
해진 얼굴
얼굴.

목련꽃 아래서

목련꽃
한송이
그대
눈 속에 피어나고

그대는
내 눈 속에
장미꽃으로 피고 있다.

봄은

홍매화
꽃망울이
톡
터져 나와야

비로소
봄이다.

보고파서

가슴을
파고드는 봄
너의 얼굴

그 한폭.

콩깍지

미쳤다
너도 나 또한

사랑이란
두 글자에

환장해

미
쳐
있
다
콩깍지 쓰고

그렇다 !

사랑에 빠졌다

너와 나는.

심원

심원

너의 이름을 불러본 지가
언제였는지
기억이 가물거린다

찾아가야 보는 너

얼마나 많이 예뻐졌을까
어떤 모습으로 변해 있을까

홍제천을 거닐며
문득 떠오른
찰나의 생각들이
첨벙첨벙
가슴을 발 빠르게 지나간다

어쩜
곁을 지나가면서도
못 알아보고
지나치지나 않을까
되돌아보길 여러 번이구나

심원

보고 싶었다
그것도 많이

어느덧
물레방아가 도는
안산 밑 징검다리에 멈췄다

물레방아는
상춘객들의 시선을 잡고자,
오늘도 빙글빙글 돌아가고
발길 멈춘 사람들이
잠시 잠깐
회상에 젖곤 한다

나도 잠시 멈추어
지난날 너와 나의
즐겁던 순간들을 회상하고 있다

그래
시간이 될 때 찾아보려니
그때 만나자

그날까지 부디 건강하고
웃음을 잃지 않길 바라며
이만
총총하련다

네가 있어 행복한 한 사람이…

안녕!
술래가.

카톡소리

냇가에
마실 나온

버들강아지

봄소식
전한다.

들꽃

이쁘다

다시 보니
정말 예쁘다

어쩌란
말인가

마음이 흔들린다

외로운
한 여인

괜한
호기심에
덥석
안고 말았다

짜장면 연가

어느 날
문득
형이 말을 건넨다
짜장면 먹자

네가
사주는
짜장면 먹고 싶다
시간 되겠니

순간
형의 눈을 보았다
날 대견스럽게
보아주는 따뜻함이
얼굴에 가득이었다

날
울컥하게 한다

형!
그럼, 그럼 사야지
아주 맛있는 것 사 먹을까

형은 고갤 흔든다
아니야
다른 것은 싫어
짜장면이 먹고 싶어

순간
난,
눈시울이 붉어지고 말았다

군시절
형이 사줬던
통닭맛을
난 잊지 못하는터라
갑자기
형! 하고 말았다

형이
나의 안정된 생활을
인정하고 싶은 뜻이란 걸

난 안다
형이 나를….

큰 그리움

내 사랑
살고 있는 곳
어디일까

그곳은

선 너머일까
바다 건너일까

알 리 없는 마음
달래어 가며
안타까이
바라만 보는

손짓 해 찾아 헤매는
하늘 구만리

거기쯤 일까나.

첫사랑

그렇다

첫사랑은

가슴에
묻어둔

달콤하고
애잔한 오랜

그리움.

너도 그렇지

우리는
꿈을 찾아
늘 일어선다

행복을
잡으려

그렇게
사는 것이
우리들이고

우리네
삶이다

오늘도
내일도 또
살아있는 한

그 길을
택한다

그것이
바로
삶이며 인생이다

너도 그렇지.

그랬어

늘 곁에 있어
그러려니 했지만
모를리 있냐

네가 얼마나
날 좋아 했는지를
나도 잘알아

이제 너와 나
서로를 바라보며

함께 가자- 응.

그날 이후로·3

눈빛 사랑이

커피잔에
흐르니

더욱 그리워.

마음

마음이
얼마나 피곤하면
짜증스럽게
투덜일까

어쩌란 말인가
몸이 피곤하면
쉬던가
잠을 청하면 될 터인데

목이 찌뿌둥하고
근육이 퉁명스럽게
뿌직 거리니

걱정이다
이 묵직한 마음을
대체 어떻게 일으킬꺼나

손에 든 커피잔에
일렁이는 얼굴 하나

벌써
집어든 스마트폰이

선택한 전화벨이
불러내는
반가운 소리

허
잽싸게
벌떡 일어나
다짜고짜 하는 말

야
나와라
거기로…

술 한 잔 하자

벌써,
몸이 풀리어 간다
참, 간단하고 싶다

바로
친구다.

당신의 응원

괜찮아

당신의
한마디 말에
희망이
용솟음칩니다

괜찮아

당신의 따스한 사랑
온몸에 스며듭니다

괜찮아

잘했어
당신의 칭찬 한 소절
용기로
자신감을 얻습니다

치솟는 공감에
좋아 죽습니다

괜찮아

당신의 한마디 격려에

일어나서
일어서서

다시
뛰게 합니다.

그것이 인생

평생
꿈을
꿈꾸다

꿈을
잊은 지 몇 년

하지만

어느새
살아있는
꿈

꿈틀
거린다

일어서라고.

봄 이잖아

손에 든
커피잔 속에
스며드는
그리움

보고 싶다

너.

봄날

봄이 와
벚꽃이 활짝 웃으니
온 동네가 평화롭고

봄이 와
너의 환한 웃음을 보니
온 집안에 행복이 깃든다

봄아 봄아
너의 온정에
우주가 사랑으로 가득 차
나 사는 우리 마을을
꽃대궐로 펼쳐 놓았으니
이곳이 바로 천국이구나

너는 봄
나도 봄

우리 삶의 모습이
요즘처럼 즐거우면
무엇이 부러울까

기쁨도

행복도
평화도

꽃처럼 흐드러지길
바래본다

봄아
너도 그렇지.

라일락 꽃이 필 때면

불 꺼진
너의 창문을
하염없이
바라본다

잠들지 못한
너의 진한 향
뉘 몰래 음미할
마음 하나로

까치발을 뛰고 있다

한 번쯤
창문을 열고
달님을 바라보며
그리움의 퍼즐을
맞춰볼 너의 모습을
기다린다

연정의 미색을
찬찬히 즐기려

봄날 뒷골목

나신의 거울 앞에

머리 푼 여인

담에 기대어
언제가
찾아올 사랑 한 줌
원하고 있다

찡하다
하늘이 그리고
네가.

길

첫발을
내디딘 당신

가야 한다
당당히

당신은
길을 가면서
어떻게 가야 할지를
배워갈 것이다

그렇다
인생의 길도
생활해 가면서
터득하게 되지 않던가

행복의 조건은
목적이 될 수 있고
목적을 위한 당연한
조건을 갖추기가
될 것이다

살아가는 것
그것이
바로 길 아니던가.

사랑인가요

가슴에
깊이 파고든
당신이란
한사람

사랑인가요
말해주세요

심장이
뜨겁게
뜨겁게

요동을 칩니다

말해주세요
사랑인가요.

너는 나를

너는 나를 더
고독하게 만든다
염장 지르듯

철학이
인생을 탐해
논쟁하는
세상사

빠지는 늪을
피할 수 있는 비책
너였다

담배.

사는 일

직업은
다르지만
행복 찾는 길

그 꿈은 똑같다.

어디 있니, 너

철없이
문득문득
보고 싶은 너
그립다 친구야

밤 꽃의
진한 향이
널 부르는 날

익었다
앵두가.

다방에서

귀에 건 입꼬리에
눈웃음 한 푼 넣고

뜨거운 연민 끓여
안겨준 커피 한 잔

미색을
담보로 한 향
은근슬쩍 당긴다.

미루나무가 있는 언덕

그 애는
늘
그곳에서
날
부르며
기다리고
있었다

언제나처럼
오늘도

오래오래.

축원

정화수 한 그릇
장독에 올려놓고
두 손 모아
빌고 또 비신
어머니의 간절한 기도

가족
모두의 이름 아련한
신새벽의 비나이다

신령님의 거룩한
보살핌을 기원하시었네

정성의 마무리
소원축에 불을 붙여
소지가 훨훨 타 올라
재로 승화하도록

두 손을 모아
하늘로 하늘로
승천을 도우심으로
기도를 마치고
마음을 정화하셨던

어머니
우리 어머니

간절함의 염원이 통해
한해 한해
무탈하고 건강하게
오붓한 일상으로

'가화만사성'

행복한 가정의 화목이
내일로 이어져 왔네.

이유

잠자는
꿈속에서도
헤매는
그리움

보고 싶다

너.

기다림

딩동댕
만나고픈
당신이었지요

자 어서
들어오세요

커피 한잔
드시지요

딩동댕
이 시간을
기다렸어요

와우
행복합니다

커피맛이
참
좋아요

딩동댕 딩동
당신과 함께하니.

소나기

느닷없이
찾아와
북새통 쳐
놓고

시침 떤다

넌.

제

8

부

그때가
너무 그립다

봄이 오나 봐

들녘이
기지개를
펴 보이더니
하품을
하더라

겨울잠
깨었는지
젖은 이불을
햇볕에
말린다

아마도
초록 빛깔
산뜻한 이불
시침을
하나 봐.

봄의 손짓

어디 있느냐 무엇을 하니

묻고 또 묻던 너의 목소리

잠결에 스친 작은 속삭임

멈칫 귀가에 들린 듯한데

봄 햇살 똑똑 창문 흔드네.

봄 노래

개울물
손을 잡고
소풍 가는
길

졸졸졸
또래들

흥에 겨운 가

맑은 눈 껌벅이며
봄노래 부르니

노랑나비
흰나비가

손뼉을 친다

훨훨 훨훨훨.

노년이 되어

보는 눈
궁금하여도
차마 묻지 못하네

그것도
모르시나요
혀 차며 외면할까

괜한 말 했다
잠자코나 있을걸
계면쩍어서
민망도 한 노릇

시절을
따르지 못해

속상해
마음이 상하고 보니

허허

또
그럴까 봐

껌뻑껌뻑
궁금증을
짓누르며

그런가
그런가 보다

얼버무리며
생각에 젖는다.

세월

앞서고 싶던
세월도 있었는데

벌써, 놓쳤다

너무
빠르다

내가
나이 들었나

잡을 수가
없다

허망하다— 세월이

이젠
바라만 보며
끄덕인다

고개만.

순이야

네가 기다렸던
미루나무 언덕에

그냥, 서있다

오늘도
행여 내 생각에

기다리나
싶어서

봄이
머지않았나 보다

순이야
보고 싶다

정말.

소식

봄향기
그대에게
전해 드리려

홍매화
톡
터트립니다

그대여
진달래 꽃
활짝 웃거든

날
불러도 좋소
내
흔쾌히 달려
가리다

그럼
나도 봄도 당신 또한
행복에 겨울겁니다

생각만으로도
가슴이 벅찹니다

그럼요.

기다릴게요
그날을.

비 오는 날에는

비 오는 날에는
그대가 더
그리워집니다

그냥
시선이 창밖을 향해
멈춰 섰습니다

그대 또한
봄비 내리는 창밖을
물끄러미
바라보겠네요

그리움으로
더 커진 빗방울이
가슴을 데워데네요

이토록
아름다운 사랑이
가슴에 스며드니

커피맛이 더 더
달콤합니다.

내가

내가 미쳤다
널 사랑하기 위해

콩깍지 썼다

세상에
너만 보이니
어찌하면

좋으냐.

짜식·1

하지만
보고 싶다는 말 먼저 하면
어디 덫이라도 난다더냐

아무튼
건강이나 하자
그래야 말다툼이라도 할 수
있을 테니….

살아있는 나

놓아버리면
마음 편하다는데
난
왜 이렇게 힘들까

무엇을
잡고 있기에

아직도
난
고뇌의 시간을
셈하고 있을까

무엇을
말인가

지금껏
무겁다는 그 하나
사랑을 잡고 있다

네 생각이다.

짜식·2

너와 내가 친구라면
너의 투정을 듣더라도
싱긋 웃으며 '짜식'하면
알았다는 뜻임을

네가 그랬고
내가 그랬듯

그 길로 없었던 일이 되어
죽마고우로서의 변함없는 우정이 아니었던가

짜식
요새 뭐 하니
무엇하길래 소식 한 번
전 하지 못하냐

짜증을
부려도

너는 뭐
소식이나 전했나
저도
카톡 한 번 못하면서

짜식
하하

너털웃음으로
없었던 일로 퉁치는
너와 나는
친구였고 친구이구나
야
이번주 토요일날
종로 3가 그 집에 나와라
막걸리 한잔하자

너 안 나오면 친구도 아니다
알았냐

그래 알았다 짜식아

으이구
짜식이.

춘삼월

설렘이
흥미롭고
호감에 겨워
사랑에
빠졌다

나도 모르게
그냥

흘렸다
사랑에.

사는 의미·2

바빠도
해야 할 일
하고는 사는
나이면
좋겠다

또 하나

사람의
도리도 하며
사는 삶

그런
생이었으면
좋겠다

나.

봄날에는

그리워집니다

마음이
따뜻하고
정을 나눌
사람이

정말
그리워집니다

봄날에는.

사랑은

함께 있을 때
행복을 느낀다면
기뻐하여라

인연인 것이다

무엇을
더 바랄 일인가

운명적
만남인 것을

느꼈는가
주어진 복인 것을

그렇다면
맘껏 취해도 좋다

사랑이니까.

사랑이란

좀 기다릴 줄
아는 배려야말로

그것이 바로
사랑이라 한다

섣부른
판단 하나로 잃을 수도
있는것이
사랑이기 때문이다

사랑은
선택이기에
늘
곤욕스럽기도 하다

하지만
사랑은 아름다운
삶의 예술이 아닌가

명심하라

사랑은
자기희생이다.

그리운 건

네가
그곳에 있고
내가
아직은 널
못 잊고 있다는
간절함의 탓 일게다

네가
그리운 건

비 내리는 길섶에
외로움이 부르는
너의 모습이 날 기다리고
있다는 이유는 아닐까

오늘따라.

성공이란 민낯

미치지 않고서야
어찌했겠니
누가 그러더라
너 미쳤다고
미친것이 맞다고

미쳐야만
이룰 수 있는 것이
성공이라고

미치지 않고서는
이뤄지는 일은
어느 하나도 없다고

사랑도, 인생도
하다 못해
널 그리워하는 일까지도

사는 일이
늘 미쳐야만 한다니
지금의 나
미쳐있는 중인가 보다

널 사랑하고 있으니
아마도 더 미쳐야만 할 것 같다

아직 너의 마음을
얻지 못했으니 말이다

그런가 보다
네가 생각하기에도
그럴 것 같다

더 미쳐달라고.

그대로 인해

동지섣달
긴 긴 밤에도
행복은 숨을 쉽니다

그대를 떠올리면
찬바람 일던
냉가슴도 쩔쩔
끓어오릅니다

사랑이 날
뎁히어 줍니다

그대로 인해
사랑의 힘으로

행복이
내 품을 감싸 안아
줍니다

단지
그대를
생각했을 뿐인데

후끈후끈
뜨겁기만 한
가슴입니다.

십리 사탕

동그란
알사탕 하나
달콤함에
미쳤던

어린 시절
그때가
너무 그립다

너도
그랬니.

내 마음의 다짐

초등학교 시절
어린 마음을 깊이 파고든 한 줄의
속담이 날 이끌고 있었다.

"호랑이는 죽어서 가죽을 남기고
사람은 죽어서 이름을 남긴다."

바로 이 속담이다.
하지만 평범한 나로서는 한낱 꿈이었고
지금까지도 희망 사항으로 존재하고 있다.

지금껏 살아오는 내내 풀지 못하는
숙제로 남아 있지만 큰 부담 없이 살아는 간다.

'나'라는 사람의 역량이 이쯤임을
익히 알아낸 현실이기에 그랬다.

요즘은 주로 시조를 쓰고 있지만 '감성적이고 서정적인 시'를 쓰고 싶은 간절한 마음이 있다.

하지만 많이 부족함을 알아 멈칫멈칫 붓을 놓지만 멀지 않은 세월을 잘 관리하여 대범한 기회를 부여잡는 간절함으로 부담 없이 습작하는 자세로 최선을 다해 한 편씩 지어 가려한다.

늘!
절절한 마음으로
강한 다짐을 하고 있다.

2024년 내 고향 당미에서…
술래 안효만

잠 못 드는 그리움

지은이 | 안효만
펴낸이 | 고현숙
펴낸곳 | 문학 춘하추동
초판 인쇄 | 2024년 10월 4일
초판 발행 | 2024년 10월 10일
등 록 | 2023년 7월 19일, 제 2023-000001호
주 소 | 52319 경상남도 하동군 횡천면 경서대로 1140(2층)
전 화 | 055-884-5407, 010-3013-2223
e-mail | munhakcnsgce@hanmail.net
ISBN 979-11-985568-2-0
ⓒ 2024, 안효만